# その指さえも

崎谷はるひ

JN286796

幻冬舎ルチル文庫

C O N T E N T S ✦目次✦

その指さえも




✦カバーデザイン＝齊藤陽子（CoCo.Design）
✦ブックデザイン＝まるか工房

イラスト・ヤマダサクラコ✦

# その指さえも

中垣《なかがき》遼太郎《りょうたろう》の指は傷だらけだった。火傷《やけど》や擦過傷《さっかしょう》など、新しかったり古かったりする細かいそれらの傷跡が、浅黒い彼の皮膚の上に淡いピンクの色を残している。

見慣れた自分の部屋の中で、見慣れたグラスを持つその指先を、まじまじと水江律《みずえりつ》は見つめる。すらりと長く、端整で器用なその形は、律にとってはなによりも好ましいものだ。

ベッドの脇、床の上に差し向かいで座り込み、酔いの回った無遠慮な視線で眺める律を、今夜はじめてこの部屋に足を踏み入れた物静かな男は咎《とが》めるでもなく、淡々とアルコールを喉《のど》に流し込む。

フローリングの上に並べられた惣菜《そうざい》の数々は、律と中垣のバイト先である飲み屋「韋駄天《いだてん》」から失敬してきたものばかりだ。

「遼さん、こっち全部食っちゃっていい？」

行儀悪く箸《はし》で示した皿の上のきんぴらにちらりと目線だけ動かした中垣は「どうぞ」と言った。

律の住むこの2Kの学生用マンションは、ひとり暮らしには充分な広さがあるが、上背《うわぜい》のある中垣のおかげで随分と狭苦しい空間に変わる。彼は大柄で背が高いばかりではなく、甘さの少ない凛《りん》とした顔立ちのせいで、周囲に威圧感を与える。

「もう明日っからは、持ち帰りはなしだからな」

お許しをもらって忙《せわ》しなく箸を動かしはじめた律に、苦笑に近い表情で告げる。子供を眺めるような中垣の視線に、律は「わかってるよ」とふて腐れた。

「いーもん、宮本《みやもと》さんにおねだりするもん」

「ちゃっかりしてんなあ……」

甘えるのは得意だとうそぶきながら、本当は中垣の作った煮物を食うのも今日が最後かと思っては、寂しい気分になるのを誤魔化《ごまか》している。

拗《す》ねた律を少し笑う鋭角的な顎《あご》のラインは、ふたつしか変わらないとは思えないほど、男としての完成度が高い。

うっかりと見惚《みと》れている自分に気づいては視線を逸《そ》らし、また気づけばじっと中垣だけを見つめている、不毛な自分を律は嘲笑《あざわら》う。

（ばっかみたい）

きれいな箸使いで肉厚の頑固そうな唇に運んでいる煮物は、節の長い指に残る傷跡が示す、彼の努力によってきれいな飴色《あめいろ》に仕上がっている。

中垣は、韋駄天にバイトに入るまで実際ろくに包丁を握ったこともなかったそうだ。

律が店に勤める頃には、それが地顔の落ち着き払った表情で手際よく皿に料理を盛りつけていたものだから、厨房《ちゅうぼう》に立って半年ちょっとという話を聞いた時にはかなり驚いた。

中垣は、大概なんでもこなせる男だけれど、それは決して生まれつきというわけでもない。

どちらかというと不器用な方でもあって、しかしそれを「できない」ことの言い訳にしないだけだ。

生真面目で武骨な彼が、淡々としているようでありながら、物事に関して誠実に努力をしていることを、今では律も知っている。

いいなあ、と思う。

静かなきれいな姿勢で、わざとらしいデモンストレーションもアピールもせず、長い腕でさらりと物事を片づける。その裏で、見せない努力は人一倍、こなして。

（……いい、なあ）

自分にはできない、と律は思う。報われるかどうか判《わか》らないことに必死にはなれないし、努力をしている自分を誉《ほ》めてほしくなる。要領はよくて、それでも人生なんとか回ってきているし。

いい加減な自分を嫌いになったことはない。けれど中垣を見ていると、わけもない不安が襲ってくる。

「……どした、まずかったか？」

「う、ううん？　なんで？」

顰《しか》め面、と眉《まゆ》のあたりを指さされ、なんでもないよと律は笑った。

「ちょっと、喉に引っ掛かって」

この彼が手間暇と時間をかけて煮含めた芋《いも》は、冷めていても美味《うま》かった。それなのになんだか舌が苦くて、律はひたすらに酒ばかり呷《あお》る。

「おいおい、大丈夫かよ」

ぐいっと冷や酒を飲み干した律に、どこか心配そうな中垣の声がだんだん遠くなってきた。

(もう……明日、かあ)

自分の店をおっぽらかしたまま、どこだかの外国に行っていたという店長が、明日ようやく帰国してくる。

入れ替わるように、中垣は今日でいなくなる。

なにかに怯《おび》えているようなこの気持ちと、正面切って向き合うのが一番怖い。

もやもやする感情は酒によって薄れるどころか、理性を危うくするばかりだということに、奇妙なテンションの高さをもてあます律は気がついていなかった。

＊　＊　＊

律が「韋駄天」にバイトにこないか、と言われたのは、その年が明けてすぐの頃。

それは友人である湯田直海《ゆだなおみ》の誘いというか、お願いだった。

「人手足りなくってさ……このまんまじゃ、宮本さん帰ってくる前に潰《つぶ》れちゃうよ、あの店」

数ヵ月前のある日、学生でごった返すロビーで律をとっ捕まえ、そう言って頼み込んできた彼に、律は正直なところ鼻白んだ。

「なんで、俺が？」

そう返しながら、同時にその問いには「なんでおまえが」という意味も含まれていた。気づいてはいたのだろう、直海はそのやわらかな顔立ちを歪《ゆが》めてさらに手まで合わせて頭を下げた。

胡散《うさん》臭いという内心を隠さないままの律に、直海はなおも言い募った。

「今バイトに入ってるひと、中垣さんて言うんだけど、もう四年生で、就職の研修もあるから、そろそろホントはやめなきゃなんないんだ」

卒業を控えた中垣は本来、バイトは年末までの約束だった。しかし、待てど暮らせど帰ってこない宮本のおかげでやめるにやめられないのだそうだ。

「……ってそんなん、閉めておけばいいじゃないか」

「それが、そうもいかないんだよ」

ごく冷静な話として律は言ったのだが、小さな店ながら常連も多く、ほとんど顔見知り状態で、どうにも閉めると言いにくいという。

切羽《せっぱ》詰まったような表情の直海は、かの店の常連であり、店長である宮本とは年の離れた友人であるらしかった。しかし、だからといって主《あるじ》不在の店のバイトを集めるような真似までするのは、律には少々どころかかなり奇妙な話にしか思えない。

その中垣というのも律儀な男で、ここ数年常勤のバイトで入っていた慣れもあろうが「任されてしまったものを放り出すわけにもいかんだろう」とひとりで店を切り回しているというのだ。

また、潰れてくれては滞納されたまま支払われていない給料も不安であったらしい。

「……んで？」

それではバイト代も怪しいものではないかと、話を聞くだに律はどんどん胡乱《うろん》な目つきになった。

「できればだから、律にさ、その……引き継いどいてもらいたくて……」

対して、面倒ごとを頼む心苦しさからか、直海の声はだんだん小さくなっていく。

「……だめかなあ」

仲のいい友人のしょんぼりとした声に、ふむ、と律は腕を組んでみせる。

地元を離れたひとり暮らしの大学生という身分の律は、まあそこそこの仕送りのおかげで、そうそう経済情況も逼迫《ひっぱく》してはいない。

普段律が従事しているバイトは、暇つぶしと小遣い稼ぎに加え、なにがしかのコネ作りとナンパのついで、という感覚でこなせるものばかりだ。

金額よりなによりも、とにかく楽で楽しく疲れない、それが最大の条件だ。

だから、直海の持ち込んだこの度の話について真っ先に感じたのは、面倒だな、とただそのひとつだけだ。おまけにあんまり美味《おい》しくもなさそうな給料と内容に、渋った様子を知らせるべく、ううんと律は唸《うな》ってみせる。

面倒は嫌い、頭使うのも嫌い。身体《からだ》使うのなんかもっと嫌い。必死こいて勉強してようやく手に入れた四年間かぎりのモラトリアムを、律は今謳歌《おうか》している。

だから、生真面目な友人の真剣な頼みごとにも、ちょっとばかり冷たい声で応じてしまったのは仕方のないことだろう。

「だからさ。……なんで俺が？」

再度同じ言葉を繰り返し、おまえがやればいいじゃん、と雑《ま》ぜ返した律に、できるならそうしてやりたいが、と直海は唇を噛《か》んだ。

「……ラジオゾンデ、新人トライアルがあるんだよ」

「あーね……」

もうじきに、彼の所属する劇団である、ラジオゾンデ恒例の、劇団内のオーディション公演があるというのは、少し前から聞いていた。

大学の入学時、はじめての講義で隣の席だったという縁で付き合うようになった直海は、役者志望というだけあって線の細い、繊細できれいな顔をしている。

上背こそ律を凌《しの》いでいるものの、食うや食わずの生活のおかげで身体の厚みはなく、ゆるいジーンズをベルトで締めあげたウエストは、ぱきりと折れてしまいそうな頼りなさだった。

芝居をやることを反対する彼の両親とは折り合いが悪く、今時満足に仕送りももらえない直海は、細身の身体で分刻みのバイトのシフトを組んでいる。これで韋駄天にまで顔を出すとなれば、もともと少ない睡眠時間をゼロにしろと言っているようなものだ。

直海のそんな情況を知るだけに素っ気ない態度もいくぶんかは甘くなる律は、ふうむ、と考える素振りをした。

「それに……そんな時期に、他のことやるなって、きっとあのひと怒るから」

あのひと、という言葉のやわらかさと、拗ねたように俯《うつむ》いた直海の頬《ほお》のあたりに上った淡い色に、おや、と律は目を瞠《みは》る。

以前ちらりと聞いたことだが、直海は宮本になんだかえらい恩があるとかで、十いくつも上の男にひどく懐《なつ》いているのは話の上から知っていた。

だがどうも、その顔色から察するに、単なる恩義以上の感情が——少なくとも直海の側には——あるらしい。

「あのひと、ねえ」

ふうん、と律は小さく笑った。

「……なんだよ」

揶揄《やゆ》を含んだ笑みに眉を顰《ひそ》めた直海は、少し焦ったような表情をしている。

そんなに馬鹿正直で、役者なんかやれんのかねと、微笑《ほほえ》ましいような呆《あき》れるような気分で、律は手元に引き寄せた煙草《たばこ》の尻を、テーブルで叩いた。

（可愛い顔しちゃってまあ）

直海のきれいな顔が拗ねたように歪み、律はますますおかしくなる。やんちゃな少年のようなその笑みに、直海は顔を顰めた。

「ああそう、そういうことか、ふーん、ほー」

「だから、なにがっ……違うからな！　宮本さんはそういうんじゃなくって」

「ああ、はいはいはい。いいからいいから」

ひらん、と手のひらを振って、こういうことだけは直海よりも自分の方がこなれているなあと、少しだけ律は余裕ぶる。

今時めずらしい勤労学生である直海は、まるで浮いた話というものがない。対して律はといえば、世のイメージする「ばか大学生」そのままの生活を送っている自負もあった。

おまけに、はめを外して遊びまくったここしばらくの間に律が気づいたことは、自分にバイセクシャルの傾向があったという事実だったりする。

（我ながら、節操ないもんな）

これがおまけに面食い。顔と声が好みだったら、もう後はオッケー、というたいした尻軽ぶりで、それでも特に本命は作らずに現在に到る。

見た目の通りちゃらちゃらと軽くて、身体コミの友人も結構な数に上っている。むろん、病気をもらうようなアソビ方は好きではなかったし、お相手は慎重に吟味させていただいた。

細身で凜とうつくしい容貌《ようぼう》の直海ほど、はっきりとした美形、というわけではないが、律もかなりの線を行く方だという自負はあった。

少ししゃくれているふっくらした上唇は男のくせにコケティッシュで、細い輪郭の割に大きめの瞳はくるくると素直な感情のままに色合を変える。

センシュアルな意味合いがあってもなくてもちょっと触れてみたくなるような、明るく甘くやわらかな引力を、律は放っていた。

ちょっと寂しくなった時に、合意の上でさらっと触れて、楽しかったね、バイバイ。気楽な付き合いはその分薄くて、似たもの同士の付き合いには、それでも特に不満はない。

相手も律のルックスに惹《ひ》かれて寄ってくるのは知っていたし、ひとに要求できるほど、真面目な気持ちを抱えてもいない。

でも時々、そんなライトな自分が寂しいこともある。本当にごくたまに、だけれども、少しだけ自分の足場が頼りないような気分になる、そんな瞬間も律はちゃんと知っている。

その中で、割合に真面目に「友人」をやっている直海は、律の数少ない大事な人間のひとりだ。

誠実な気持ちで接してこられれば、ちゃんと応える自分がいるということは、案外にほっとするものだった。

やさしさとか、いたわりとか、金でもモノでも、フィジカルな欲望でもない、けれどちゃんと気持ちのいいものを直海はくれる。

そんな直海に、お気に入りの少し頼りなげなうりざね顔で「お願い」されてしまえば、てんから面食いな律が断れようはずもない。

「……しゃあねえなあ」

女の子からも羨《うらや》ましがられるサラサラのくせのない髪を、肩先からばさりと払った。わざと渋面を作って、それでも瞳は笑ったままの律に、ほっとしたように直海も笑う。

「OKしてくれる？」

「いいよ、直海の頼みだもん」

「ありがとっ！　恩に着るよ！」

「いーけど……今度試験の時、ノート貸して」

わざとらしく条件をつけてみせるのは、「ユージョーのため」なんて照れくさいから。でも本心は、人見知りで、あまりひとに打ち解けない直海の、この無心な笑顔が報酬だ。

きれいな顔の友達の、きれいな笑顔が見られただけで、バイト料は安くても、まあとんとんかなあ、なんて、その時律は思っていた。

世界は丸くやわらかく、来年やってくる大不況のさなかの就職難だけが気掛かりの、ちゃらんぽらんな大学生。

そんな律は、なんだか複雑な想いを抱えているらしい友人と、そのベクトルの先にある顔も見たことのない店長の恋路が、はてさてうまくいくのだろうかなどと、呑気《のんき》なお節介を感じていた。

ひとりごとだったから。

宮本の名を口にする時直海の頰に一瞬浮かんだ切なさに似た熱い気持ち、一瞬でさえ読み取れてしまうほどのその強さを、ほんのちょっと羨ましく感じたりもした。

数ヵ月の後、同じような色合を浮かべた自分の胸の裡《うち》に、どんな激しさが宿るのかなどと、思いもよらぬまま。

＊　＊　＊

直海に連れられて、はじめて韋駄天の暖簾《のれん》をくぐった時、中垣は仕込みの真っ最中だった。

「こんちは、お邪魔します」

「——…ああ、湯田か」

ぼそり、と顔も上げずに呟《つぶや》いた彼を見た時、とにかくでかいな、と驚いたのが律の第一印象だった。

狭い店内にはあまり大きくないテーブルが三つ、それからカウンター席が五つほど。

そのカウンター越しの厨房に立つ、うっそりと背中を曲げた無表情な男前は、妙な威圧感を感じさせる。

それから、とっつきにくそうだなという苦手意識を漠然と感じた。

「えと、……こんにちは」

それでも愛想よく声をかけた律に、中垣は笑いのないまま、ろくに目も合わせないでわずかに顎を引いて、会釈《えしゃく》を返してくるのみだ。

(や、やりにくそう……)

間の悪い沈黙が落ちて、思わず眉を顰めてしまう。愛想とノリが命の律にとって、この手の輩《やから》への対処マニュアルが自分の中にない分、やっかいに感じられた。

「中垣さん、これ、こいつです。昨日電話で言ったの」

それでも、とりなすように口を開いた直海の声に、どうにか顔を取り繕《つくろ》った。

「あのう……」

よろしく、と言いかけた律を、中垣は野菜を切る手は止めず、切れ長の瞳だけを動かしてじろりと眺める。

「あ、水江、律……です」

態度の悪さに多少むっとなりつつも、引き継ぎが終わるまでの間、少なくともこの無愛想な男とうまくやっていかなければならないのだ。これからほぼ毎日顔を合わせる相手にはとにかく愛想をまいておけと、作ったような明るい声で、律は朗らかに笑ってさえ見せた。

——が。

たいていの人間ならばついつられて笑み返したくなるような、明るく邪気のない笑顔を浮かべた律の玲瓏《れいろう》な顔立ちにも、中垣は表情をゆるませることもなく挨拶《あいさつ》の言葉もないまま、ただじっと強い視線を向けてくる。

(な、……なんだよ?)

睨《にら》むようなきつい目つきだが、逢《あ》って数分の男に特に不興を買った覚えもない律は戸惑い、ひどく居心地の悪い、落ち着かなさを覚えた。

悪意、ではないと思う。だが好意的とは言いがたい視線の鋭さと厚みのある身体から発せられた威圧感とに、覚えず律は竦《すく》み上がっていた。

「おい」

「は、はい?」

そうして、ひきつりながらも必死に笑顔を保っていた律の耳に、低く乾いた声がかけられる。

「おまえその髪、なんとかならないか」

骨格のはっきりした顔立ちに似つかわしい深みのある声で、眉を顰めた中垣が律に向けてはじめて発したのは、そんな言葉だった。

「――は？」

初対面の人間に言われるにしては、随分と遠慮のない言葉で、さすがに律も愛想笑いが凍ってしまう。おまけにあのきつい視線にさらされた後で、どう考えても自分が歓迎されているのだとは受け取りがたい。

「髪……ですか」

人手が足りないって言うから、わざわざ来てやったのに、心外だと鼻を鳴らした律に、直海が「あちゃあ」という表情になった。

そんな律の皮肉な表情にもまるで取り合わず、そうだ、と中垣は頷《うなず》き、あっさりと言った。

「邪魔くさい。それに食いもん扱うから。不潔だろ」

「ふ……？」

フケツ。

不潔って言いましたか、このひと、俺のこと。

言われたことのない単語に、ショックで目を剝《む》いている律の代わりに、直海が「中垣さんっ！」と怒鳴りつけた。

「あんたホントその物言いなおさないと、嫌われるっつってんじゃんかよ！」

律、ごめんな、悪気はないんだよ。そんな直海の言葉も律の耳にはあまり入ってこない。

「俺が無理言って来てもらってんのに！」

一見はおとなしやかな外見と裏腹に、案外直情な直海はもともとのきつい気性を剝き出しにして中垣を責める。

「……直海、よせよ」

生来のほほんと明るく、当たり障りなく敵も少ない、呑気な人生を送ってきた律は、こういう硬質な態度の人間に免疫がない。

少しつり気味の眦《まなじり》のせいで気が強そうに見えるけれど、他人と激しい感情をぶつけあうことが実際ひどく苦手な律は、親しい友達の厳しい声に、胃が縮むような気分を味わった。

「要するに……これ、切れってことでしょ？」

「そこまでしなくっていいって、律っ」

直海に焦ったように告げられ、それでも口は止まらない。自然な感じに色の抜けた、やわらかい自分の髪をひとふさ摘《つま》み、ひきつり笑った律の瞳は冷たく凝《こご》る。

「……いいよ、切ればいいんだろ」

いつものように、笑って軽く言ったつもりだったのに、自分のものとは思えない、地を這《は》うような声が勝手に唇から零《こぼ》れて、律はぎょっとなる。

（……俺、なに、こんな）

案外打たれ弱い自分を知ったのもショックだった。たったこれだけのことに侮辱されたと感じる自分と、もう随分と感じたことのないほど上がった怒りのテンションと、双方止められないままの自身に律は面食らっていた。

そして、慣れない感情を呼び起こした男にわけもない苛立《いらだ》ちを覚え、胃の奥がふつふつと煮えるように熱くて、いつも柔和な軽い笑みを浮かべている瞳が別人のように眦をきつくする。

「あー、……」

だが、律自身はじめて知るような強い視線をぶつけた相手は、次の瞬間、困ったようにくっきりとした眉を顰めた。

そして、子供のような仕草で頭を掻《か》く。

「――すまん。そういうつもりじゃなかった」

戸惑ったようなその声音に、ふっと律の眉間《みけん》に入っていた力が抜ける。

「……は？」

どういう意味だ、と今度は怪訝《けげん》な顔を見せれば、中垣はさらに困ったように唇を歪めた。

色濃い中垣の瞳は、律のそれと同じほどの剣呑《けんのん》さで、応えてくるのだろうと思っていた。

けれど、高い鼻梁《びりょう》に皺《しわ》を寄せた顰め面は、むしろ戸惑いに近いものを浮かべている。

「料理に髪が落ちたら困るから……その、結んでくれればそれでいい」

あげく、不愉快にさせたら悪かったと、男は頭を下げてさえ見せるから、律は逆に驚いてしまう。

(……ええ?)

「最初《はな》っからそう言えばいいんだよ、もう……」

「てっ……だから、すまんって言ったろうが」

茫然《ぼうぜん》としたまま怒るのも忘れた律を尻目に、彼のひととなりを知っているらしい直海がその広い眉を拳《こぶし》で小突く。

「大体が、今これをさばいてる最中だったんだ。声なんざかけられたって反応できるか」

「言い訳すんなよな」

これ、と中垣が示した手元には、下ろしている途中だったらしいアジが、血塗《ちまみ》れでまな板に乗っていた。小骨を取っている最中だったと告げられ、店に入った瞬間の集中した横顔を思い出せば、それでは作業を邪魔したのは自分ではなかったろうかと律は感じる。

「まあ、ともあれ……よろしく頼む。ひとが足りないのは実際だ。助かる」

広い肩を上下させ、軽く息をついた中垣はそう言って、うっすらと精悍《せいかん》な頬に笑みを浮かべた。

「あ、は、……いえ」

その気さくな表情に、なぜだかどきりとして、頭が混乱しはじめた律は指に絡めたままの自分の髪を軽く引いた。

（……あれ？）

先ほどまでは、あのぶっきらぼうな態度にひどく腹が立っていたのだ。それが、軽い微笑みひとつであっさり懐柔されてしまいそうな自分というのが、随分安いんじゃないか、と律は少し悔しくなる。

それ以上に、なんだか頬が熱くて驚く。真っ正面から見てしまえば、中垣は随分と男前で、それもなんだか、困る。

（……困る？）

なにがどうして、なにに困るのか、と物思いに沈んでいれば、ぼん、と肩に手をかけられ、必要以上に律は驚いてしまった。

「……律？」

「う、あ、なに？」

ぼんやりとする自分を覗《のぞ》き込む、直海の猫のような瞳が、「夕飯どうする」と尋ねてくる。

「えー……、どっかで食うか、コンビニでなんか買おうかなって。なんで？　おまえもう時間だろ？」

この後、直海はバイトのため渋谷の方に出向くと言っていたので、食事はひとりで済ませようと思っていたのだ。知ってるだろうと小首を傾《かし》げれば、直海はきれいな顔で笑みかけてくる。

「うん、俺はね。でも中垣さんが食ってけばって言ってるからさ。このひとのメシ、こう見えて結構美味よ」

「えっ？」

「うるせえぞー、湯田」

こう見えては余計だ、と中垣は眉を顰める。律は、その険しい眉間にも、先ほど覚えた威圧感や反感をまるで感じない自分に戸惑った。

「いらんこと言ってむかつかせちまったみたいだからな」

それどころか、悪かったよと苦笑めいたものを滲《にじ》ませた表情に、なぜだかどぎまぎしてしまう。

「どうもな、言葉が下手でな。勘弁してくれ。特に、なんか集中してると全部上の空らしい」

「え……べ、べつに、その」

こうも下手に出られては、むきになった自分が悪いような気分になる。居心地悪いことこの上なく、先ほどと違って覗き込むように真っすぐに見つめてくる中垣の瞳の澄み切った色にまで気づけば、律は声まで上擦ってしまう。

「たいしたことじゃ……もう、気にしてないから……」

とにかくなんだか調子が狂って、おたおたしてしまう律に、中垣はまたふっと笑みを零した。

「なら、いい。しばらくの間、よろしくな」

中垣の切れ長の瞳が、やわらかくなごむ。彫りが深くシャープな顔立ちは、たったそれだけでひどく印象を違える。そうして、魚の血で汚れていた手を洗い流し、その大きな手のひらを差し出してきた。

「あ、え……は、はい」

握手など、挨拶代わりに交わしたことはあまりない。なんだか特殊な返事などしつつ、その笑顔を真っすぐには見ていられなくて、触れた手のひらのしっかりした感触や、律の手をひと包みにするようなその大きさにも、どぎまぎしながらうぶな少女のように俯いてしまう。

（まずいじゃん……）

胸中の呟きはなんとか飲み込まれたが、跳ね上がった動悸《どうき》は律の悪癖がまたぞろ動きだしたことを、その心臓の持ち主に知らしめる。

端整というにはやや荒削りな中垣のルックスは、今時めずらしいほどの野性味を帯びている。

一見睨んでいるかのようなきつい視線は、だがその聡明《そうめい》そうな、意志の強さを表すような光によって印象を違《たが》えた。威圧感のある長身の体躯《たいく》は、決して粗野ではなく長い手足をきれ

冷やしトマト
枝豆
コロッケ
おにぎりセット

いに使いこなす自信に溢《あふ》れていた。

印象の悪さに紛れていた事実が、やわらかな笑顔とともに眼前に突きつけられて、惚《ほう》けてしまいそうな表情を慌てて引き締める。

(まずいじゃん。このひと、よく見たらめっちゃくちゃ俺の好みじゃん……)

今までお手軽に口説《くど》いてきた相手とは、まるで違う人種なのはわかっていた。それでも、ごく近い将来、中垣にマジになっているであろう自分の姿が容易に想像できてしまい、頭がくらくらしてしまう。

「律、じゃあ俺、時間だから行くね。頼むね?」

「あ、ああ、うん、気ぃつけてな」

無理言ってごめんね、と去っていく華奢《きゃしゃ》な後ろ姿を明るく笑って見送って。

(……どうすんだよ、直海……)

この場にふたりでとり残されてしまうことに、ほんの少しの恨みがましさと、最大級の感謝を、友人に贈りたくなってしまった律だった。


じゃあとりあえず、明日から。そんな話をして韋駄天を後にした帰途の道程で、惚けたような表情のまま律は歩き続ける。

「うあー……美味かった」

仕込みのための食材からちょいちょいと選《よ》り分けて、手早く作られた幾品かの皿の中身は、どれもこれも絶品だった。舌に残る幸福感に、自然律の口元はゆるんでしまう。

自炊するようになってからはほとんどが外食で、まれに女の子の部屋に上がった時などは手料理をふるまわれたりもするけれど、今日口にしたそれと比べては、悪いがたいしたものではない。

——うわ、マジ美味い、これ美味いよっ。

律が目を丸くしたままに感嘆の叫びを上げ、常連が閉めないでくれと言うのもこれは頷けると言うと、照れくさそうに中垣は口元を歪めた。

——店長よりは、まだまだ、ってとこだけどな。

誉めちぎる律の言葉に照れ混じり、それでもまんざらでもなさそうに告げた指先には、いくつかの火傷の痕《あと》を見つけた。

——けど、さっきはホントに……悪かったな。

食事の最中にも中垣は、律がもういいと言うのに何度も自分の非礼を詫《わ》びた。自分は集中型なので、なにかの作業をしている時に声をかけられても、うまく返事が返せないのだと言っていた。

――もともとそう、器用じゃないんだ……だから、手元ちゃんと見てないと、まずくて。煙草を挟んだ長い指の火傷が、彼の言葉を裏づけていた。なんだかそんな不器用ささえも、ひどく格好よく感じてしまって、本当にこれはまずいと思う。

――気にしてないから。明日から来ます。

浮ついた内心を隠せもしないまま、にこにこと笑いながらそう言った律に、彼は「ありがとう、助かる」と、ほっとしたように口元を綻《ほころ》ばせていた。

男前だがとっつきにくそうな印象の中垣は、数時間の内に幾度か浮かべた、控えめだがえらく人好きのする笑顔で、律の興味と好奇心を刺激した。

軽さのない、抑えた感情表現はひどく深みがあって、きつい造りの中垣の顔立ちに似合っている。今まで律の周りにはいなかったタイプで、やけに印象深い。

「やっぱい、なー……」

そう口に出してはみるものの、浮ついた気分はどうしようもない。

くるくると、中垣のことばかりを考えている自分の浮かれぶりを戒めようとは思っても、目新しさと、慣れない「片思い」の状態に、酔っ払ったような楽しさを感じていた。

律は今まで、報われない気分というのをあまり味わったことのない人種だった。

華やかな容姿と、少し軽いが素直な性格は嫌われることは少なかったし、ふわふわ生きることに慣れすぎていた。

硬質で頭のよい男というのが、どれほど摑《つか》みにくくてやっかいなのか、そして手軽に誘うことなどできないほどの「本気」がどれほど切なく、苦しいのか。

予感は浮き足立つ律にはなにひとつ、見えていなかった。

＊　＊　＊

中垣への、中学生の頃のようなほのかで初心《うぶ》な感情を抱えたまま、律のバイト生活は始まった。

初対面の印象とは裏腹に、中垣はわりあいと気さくな性格で、懐くように笑みかける律をあっさりとテリトリーに迎え入れてくれたようだった。

中垣の言う通り、肩先にゆれる髪を一括《ひとくく》りに結んで、仕入れに仕込み、オーダーの取り方から立ち居ふるまいまでを逐一注意される。

「語尾を伸ばすな、しゃんとしろ、あと、疲れても顔だけでいいから笑ってろ」

「はあい」

「だから、伸ばすなっ」

怒られつつもなんだか新鮮で、楽しくさえ感じてしまう。

本当は無愛想なくせして、客が入れば一変し、にこやかにしてみせる中垣は、本当にまるでこの店の店主のようにさえ思えた。

飲み屋のバイトは夕方から深夜に及ぶものだから、翌日の講義が一限からの場合には、結構朝もつらかった。それでも、いつもなら「もーやめ、きっつい」と投げ出すはずの律は、少しもへこたれない。

それは、慣れない立ち仕事にくらくらになる律に、中垣が厳しく、またやさしかったせいだろう。

ひとり暮らしで、律がまともな食事をとらないと知れば、店が引けた後夜食を作ってくれたり、「宮本さんが帰ってくるまでだぞ」と、タッパーに残り物をつめたりと、なんだか実家の母親でもここまでは、という細かな気遣いさえ見せてくれた。

「おまえちゃんと食えよ、身体が資本だろうが、勉強してんのか、ちゃんと」

「へへ……」

「へへじゃないだろ、なんかわかんなかったら、空き時間、見てやるから」

小言さえ、うるさいとは思わなかった。中垣のくれるものならなんでも律は嬉しかった。

隙のない中垣に、頭の悪いヤツだと思われたくなくて、律は今までの自分では信じられないほど真面目に仕事をしたし、大学にもちゃんと行けと言われれば、遅刻さえしないで頑張った。

「なんだ、やればできるじゃないか」

素っ気ない口調の、そんなささやかな誉め言葉をもらえれば、もう舞い上がるような気持ちにさえもなったりして。

そうして、はじめは週三日のシフトだったのが、四日になり、五日になり、今では定休日の火曜以外にはすべて顔を出している。

けれど、そんなにべったり過ごしていても、中垣にアプローチをかけるなんてとんでもなかった。

日々を、中垣と共に送ること。楽しく幸福でさえあるそれは、同時に彼が律ごときでは手の届かないような「高い」男であることを思い知ることだった。

韋駄天に毎日顔を出しながら、就職とそれに備えての引っ越しの準備も着々と行っている中垣に、大学の卒論はどうなっているのだとふと尋ねたことがある。「そんなもん年内に終わった」とあっさり言われ、はじめは冗談かと思った。

「マジで？」

「嘘ついてどうすんだよ」

だが、実際彼の様子を見ていてとても悠長に論文などまとめていられる時間がないことには、嫌でも気づかされる。

とにかく中垣という男はどうもワーカホリックの気《け》のある男で、そのスケジュールを聞いているだけで死ぬほどタフだった。

彼は実は宇宙人ではないのかと思ったほどだ。少なくとも律とは人種が違う。

それでまた中垣は、腹が立つことに非常に頭がよかった。

学歴もそうであるが、会話の端々に見える冴《さ》えた言葉たちは、自分のお気楽な脳味噌《のうみそ》からは絶対に出てこないとそのたびに感じる。そのくせエリートぶったような驕《おご》りはなく、それらの知識をごく自然に当たり前に身につけたものなのだと知らしめる。

それはバイト中の仕事ぶりを見ていても自《おの》ずと知れた。

材料を仕入れ料理をし、客の応対をして律に指示をして、律の引けた後も何だかんだの雑務をこなす中垣は、少なくとも律の知るかぎり店にいる間、「だれるのが嫌だ」といって休憩を取ることはないのだ。

それでいながら、ドジって皿を割ったり、勘定を間違えたりとはじめの頃には失敗だらけの律に、「疲れた時はちゃんと休め」と頭を小突く他にはなにも言わない。

寡黙《かもく》というほどではないが口が重い中垣は、明るい気性だがしょげやすい律の性格をさっさと見抜いて、「自分で注意しろよ」という視線の他にはお小言は一切口にはしなかった。

それが面倒がってのことなのか、律を思ってのことなのかが判らないほど、律は鈍くなかった。

働くのが好きな人種なのだなと、つくづく思う。そして、自分の能力を遺憾《いかん》なく発揮しながら、すうっと力を抜くのもうまいのだ。

物事の進め方に無駄がないように、だらしなくならない時間の使い方をよく知っていて、それでいて無理をしている空気はない。

「できることをやるだけ」

これが中垣の口癖で、ただきっとその許容量が律のレベルと大きく隔たっているのだ。

中垣の強い腕は、軽々と重たい道具を扱った。封を切らないビールのケースをひょいとふたつまとめて抱えるその腕と、必要最低限の肉しかついていない自分の腕を眺め比べ、微妙なコンプレックスを刺激される。

(人種が違うよなあ)

今年二十歳《はたち》になる律は、二年後の自分がこうなっている姿を想像しようとして、絶対に不可能であるという答えをさっさと導きだす。

高校までバレー部に所属していたという中垣は、一七五センチの律からしても首を仰《の》け反《ぞ》らすほどの長身である。バレーという激しい球技によって鍛えられた身体は、シルエットはほっそりとしているが、強靱《きょうじん》なバネのような無駄のないなめらかな筋肉がついていた。

対して、スポーツは遊び程度にしかやっていない律はひょろひょろと縦にばかり伸びて、育ち損ねた少女のような細い手足をしている。

年の差は学年でふたつ。それなのに、彼と自分の間にある隔たりが、途方もないもののように感じられて戸惑うことがしばしば。

頭がよくてガタイがよくて、顔も性格も悪くない——しかしこれには律の主観がてんこもりである自覚はあった——なんて出来すぎじゃないかと地団駄を踏んだ。好き勝手に飄々《ひょうひょう》とする中垣には、惚《ほ》れた欲目を差し引いても、嫌なところが見当たらなかった。強《し》いて言うならひとの好き嫌いがはっきりしすぎていることと、律とはじめて出会った時のように、言葉に少し配慮が足らないことくらいだろう。

けれどそんなもの、慣れてしまえばどうということもない。ひとに対する好悪が表れやすいのも、面食いの律が言えた義理ではないのだ。

そしてまた、こんな風にきれいなところばかりが見えるのは、きっと側面の中垣しか見えていないせいかとも感じられて、無性に悲しかった。

悲しいな、と感じてはじめて、自分が本気だと気づいたあたり、いかに自分が真面目に恋愛をしてこなかったのかという証拠だと、律はいっそ笑えてしまった。

「律、ぼさーっとすんな」

「はあいっ」

うっかりと横顔を見つめていれば、小言が飛んでくる。少しもこちらに目線を向けたりはしないまま、それでも中垣は自分を見ていてくれる。

こんな風に、名前で呼んでくれるようになったのはいつからだったろう。

舌の短い律は、もともとあまり呂律《ろれつ》が回らない。滑舌《かつぜつ》のよい直海のようにナカガキさん、とうまく言えずにもつれてしまって、ナカァキさん、になってしまう。

——おまえに名字呼ばれると、気が抜けるんだよ。

そのたび苦笑する中垣に、しまいにはファーストネームを呼ぶことを許された。

——遼太郎でいいよ。

からかう時にはいつも、後ろに括った髪を尻尾のように引っ張るのが中垣のくせだ。

ただそれだけでさらに親しくなったようで、単純に嬉しかった。

——じゃあ、俺も律でいいよ。

痛い、と笑ってみせながら、律、と呼ばれて本当は泣きそうだったり。

(好きだなあ)

しんみりと、胸の裡で繰り返せばただ切ない。

傍《そば》にいて、働いて、たまにちょっと喋《しゃべ》るだけ。個人的に遊ぶ約束をしたこともなく、それどころか住所や電話番号さえ知らないのだ。

毎日毎日顔を合わせて、明日の約束はその場で取りつければよかった中垣には、そんな些《さ》細《さい》なことさえ聞きそびれたままだった。

山ほどある下心のせいで、一度外したタイミングをつなげることができなかった律の怖さを、当然ながら中垣は知らない。

(それでも、いいんだ)

傍にいられればそれで、そんな純情など、もう何年も忘れていたのにと自嘲しつつ、本気で感じているから手に負えない。

そもそも、彼が同性を守備範囲に入れているのかどうかさえ、いまだに律は知らない。プライベートに踏み込む会話は一切というほどなかったし、とにかくはじめは仕事を覚えるので精一杯だったのだ。そうして忙しさに追われている内に、気づけばなんとなく馴《な》れ合った空気が出来上がっていて、そうなると今度は、そのなごやかさを壊すのが怖くなってしまった。

もし、うっかりと気持ちを打ち明けて、受け入れられなかったら？

もし、彼に既に、大事にしているひとがいたとしたら？

浮かぶいくつもの「ｉｆ」はどれもあり得そうで、決定的に傷ついてしまうのはどうしても、律にはできないままだった。

律にしては長い、清らかな生活が耐えられなくなっても、自分の指で慰めるしかなかった。童貞をなくしてからこっち、こんなに切羽詰まった思いをしたことのなかった律には案外つらい夜が幾度も訪れ、そのたびにあの低い声や大きな手のひらを思っては昂《たかぶ》り、翌日には自己嫌悪と申し訳なさで中垣の顔をろくに見られなかった。

それでも、なんの見込みもなくても、離れられない。

（好きだから……いいんだ）

中垣を好きでいることは、苦しくて楽しくて、気持ちよくて切なかった。溢れ出す感情が、もはや自分の思うようにはいかないものだと気がついたのは、いつ頃からだったろう。

理由をどこに探しても、見つからない。ただただ、彼を好きで、少しでもその近くに行きたくて、誉められたくて、笑ってほしくて。

わかっているのは、ただそれだけだった。

＊　＊　＊

明日、帰って来た宮本に挨拶をしたら、中垣は韋駄天からいなくなる。就職の決まった企業の研修とやらで、そのまま山梨の方に行くのだと言っていた。

「勤め先は横浜なんだろ？　なのになんで山梨？」

ＳＦっぽいシチュエーションのＣＭで有名な、某工業の開発事業部に勤めるのだということも、今夜のふたりきりの送別会ではじめて知った。

律の頭では引っ繰り返っても勤められそうもない企業名を聞かされて、切ないような気分になりながら、すごいよな、と目を丸くしてみせた。

「保養所があるんだ。そこで新人の心得とかなんとかを叩き込まれるらしい」

苦笑混じりの中垣の声に、なんかサムイと律は笑った。

「我が社のモットーは云々《うんぬん》、とかって？」

「さてねえ」

アルコールにふんわりした視線で、静かに中垣が笑った。穏やかで、許した雰囲気のその表情に、律は息苦しくなる。

（そういう目……しないでよ）

視線を落とし、また中垣の指を見つめた。

左手の甲にあるまだ新しい火傷の痕は、昨夜フライパンから跳ねた油でついたものだ。薬指の付け根には、包丁を扱っている時にできた切傷がある。やはり本当はあんまり、器用ではないのだと、今頃になって律はしみじみ思う。

厨房に入ることのなくなる彼の指には、もうこの傷が増えることがない。たったそれだけのことがやけに胸に応《こた》えている。

ささやかなことで、最近の自分はすぐに情動が揺らいでしまう。自嘲気味に笑って、グラスの底に残ったビールを飲み干すと、嫌な苦さと息苦しさが律の細身の身体を取り巻いている。

——律さあ、変わったんじゃない？

禁欲的と言えるほどの生活を送る律を訝《いぶか》った友人たちに、付き合いが悪くなったと責められても、夜遊びも気楽なセックスも、中垣のくれる声には勝てなかった。

　――そんなことないよ。

　笑っていなして、そうすれば皆「ふうん」と納得してくれたのに、なぜか直海には、すぐばれた。

　そして「めんどくさいのにはまったね」と、零《こぼ》されて、本を正せば誰のせいだと噛みついた律が泣きそうでいることには、見ないふりをしていてくれた。

　それでも直海の長くきれいな指に、そうっと肩を叩かれて、ばかみたいに泣いた。

　好きなのに、と繰り返す律を慰めながら「ごめん」と囁《ささや》く親友は、同じ痛みを噛むように、遣《や》る瀬《せ》ない瞳をしていた。

（直海も……こんな風に、思うのかな）

　傍にいて、でもなにもできなくて、ただ胸の奥だけが震えるような気持ちを、あの親友も感じたことはあるだろうか。

　あるのだろうな、と散漫に律は思う。静かに穏やかに見える直海の瞳の奥、宮本を語る瞬間の光は、静謐《せいひつ》な彼の印象を覆《くつがえ》すかのように熱く、それでいて真摯《しんし》に澄んでいる。

　自分の瞳にもきっと、同じものが浮かんでいるだろうことを知ってからは、中垣の瞳を真っすぐに見られなくなった。

（……よく、言えたよな、俺）

今夜で最後だから、自分の部屋に飲みにおいでと誘うのにも、山ほどの言い訳とありったけの勇気を総動員しなければいけなかった。

そんな律はだから、いつものような軽い声音で、就職してもたまに逢おうよという、他愛ない一言を喉の奥に引っ掛けたままだ。

浮ついたゲームのような恋愛の対象なんかでは済まされない、強い気持ちが根づいている。

中垣はなんだろう。自分にとってなんだろう。

すきなひと、それはわかっているけれど、こんなにもなにかに執着する自分を知らなくて、その浅ましさに悲しい気分になってしまう。

そして知りたい。

中垣にとって——自分はなんだろう。

たった数ヵ月をともに過ごしたバイト仲間のことを、知っているようでなにも知らない。

気になってしょうがなくて、でもうるさいやつだと思われたくなくて、なにも聞けないまま、とうとう今日になってしまった。

キスもできない、むろん寝たこともない。冗談混じりに触れることさえ、この頃では怖い。

それでも、中垣が好きだった。

こんなにも好きで、それなのに、なにも言えないまま終わっていく予感にはじめからずっと怯えていた。

確信に近いそれに、怯えて、それでもなにひとつアクションを起こすことすらできぬまま、ただ見つめる瞳だけを止められないでいた。

明日から、それすらも許されなくなるのだろうか。

不意に湧《わ》き上がりそうになった暗く熱い衝動を、唇を嚙んで堪《こら》える。

なにかとんでもないことを言ってしまいそうな唇を塞《ふさ》ぐために、吐息が震えるたびにグラスを呷《あお》った。

「……律、飲みすぎ」

見咎めた中垣は、静かな動作で自分のグラスに新しい酒を注ごうとする律の手首を押さえてくる。

「えへへえ、つまみがうまいもんでー」

なんだかふらふらして気持ちいい。この感覚を取り上げられるのが怖くて、力ない指先で大きな手のひらから逃れる。

なんでもない顔をして、自分に嘘をつくのが得意になった。これも中垣のせいだ。

へらりと笑った瞳を閉じるのは、本当は触れられるだけでも胸が震えるような心が、潤んだ眼差《まなざ》しから透けて見えてしまうのが怖いからだ。

「嘘つけ、ろくに食ってねえだろうが」

けれど思うよりも真面目な声と、少し強引な所作にグラスを奪われ、律は不満げに唇を尖《とが》らせてみせる。

「あっ……ちょっと」

返せ、と伸ばした腕をさらに引かれて、浮き上がる腰は不安定な体勢を作り上げた。

「……こら、ふらふらすんな」

よろめいた律を支えるように、中垣の温かな手のひらが背中に添えられ、身体から力が抜けていく。

「飲むんだったらもっとペースを考えろ。みっともないのは嫌いなんだろ？」

「……説教くさい……」

厚みのある胸に火照《ほて》った頬をむけたまま、悪態をつく。

膨張したような顔の火照りに、律は思っている以上に酔っている自分を知らされた。そうでなければこんな、図らずも寄り掛かってしまった広い胸や、中垣の声が肌を震わせる距離に耐えられるはずなどない。

「あー……くらくらする」

うにゃうにゃと呟きながらしなだれかかる律を、中垣は仕方なさそうに吐息したまま、ほったらかしにしてくれた。

胡坐《あぐら》を組んだ長い足の上に、背骨がどこかへ行ってしまったような頼りない身体を預けたまま、律は熱っぽい身体をもてあます。

「遼さん……熱い……ぐらぐらする……」

「当たり前だ、ばか。酔っ払い」

「——たぁ！」

呆れたような声で、ペン、と額を叩かれる。痛いと抗議して、硬い手のひらを摑んだ律は、そのがさがさとした感触に爪先《つめさき》が痺《しび》れるような淡い快感が走るのを知った。

「……いいなあ」

そのまま、自分の手のひらと重ねあわせる。ぼんやりと思考は曖昧《あいまい》で、なにを考えての行動でもなかった。

ただ、そういえばこんな風に、手に触れたのはあのはじめての出会いの折り、握手を求められた瞬間だけだったと思い出す。

指さえも触れあえないまま、ただ過ぎてしまった時間の切なさを隠してそっとため息をついた律は、関節ひとつ、幅一回りは違うその大きさにもう一度、いいなあ、と呟いた。

「なにが」

「俺ねぇ……こういう手、好きなん。手フェチだから」

なんだそれは、と笑った中垣は、目を伏せた律の熱に浮かされたような眼差しの意図には気づいてさえいないようだ。

気づかないで、と願いながらも、相反する感情がこみ上げてきて、律はそっと唇を嚙む。

切りそろえた清潔な爪を見つめて、長い指を鎧《よろ》ったなめらかなそれを唇に含んでみたい衝動が不意に訪れた。

（……いいよね）

こくりと、律の喉仏の隆起の目立たない細い喉が、渇きを訴えてかすかに上下した。

（いいよね……もう、最後だから）

こんなつもりで部屋に誘ったわけじゃなかった。ただ最後の時間くらい、ふたりでいたかっただけなのに。

けれどそんな言い訳に押し隠した、はっきりと熱い欲望が浅ましくて、律は切なく眉を顰めた。

もう明日からは逢えないという事実が、律の最後の理性を奪っていく。

火照った頬に、手のひらを押しつけた。中垣は少し驚いて、それでも手を振り払うことはしない。

「ああ、……熱いのか？」

ひとの気も知らないで呑気なことを言う、気を許したこの声が、もしかしたら自分を蔑《さげす》むかもしれないことを思えば、ひどく律は怖かった。

（きもちいい、なあ）

ざらりとするそれを感じて、泣きたいような気持ちで、手のひらに擦《こす》りつけた頬をゆっくりと動かし、酒に腫《は》れた唇を押し当てる。

「――律？」

濡《ぬ》れた感触に、さすがに戸惑ったような声になった中垣の顔は見ないまま、硬い手のひらを啄《ついば》んだ。

「律、なに……」

わずかに隆起した傷跡に舌が触れて、ひきつったように息を呑《の》む中垣は、いきなり発情した年下の男をどんな目で見ているのだろうか。

「……ごめん」

拒絶の言葉を聞く前に、食べてしまいたい。突き上げる衝動のまま、親指をくわえ、しゃぶるようにして舐《な》めた。

「律……!?」

硬直し強ばってしまった中垣が正気に戻る前に、そんな風に思って、ひたむきなほどの熱心さで律は男の指を舐め続けた。

「……ん、ん」

舌を巻きつけ、赤ん坊のように吸いつくと、肩に触れた中垣の胸がぎくりと強ばる。やわらかな口腔に含んだ指は硬く、ざらざらした感触を伝えてくる。

「……律」

中垣が静かに名を呼んだ。深く低い声からは表情が読めなくて、竦《すく》み上がりそうな自分を奮い立たせるように、聞こえないふりでなお強く、彼の指に吸いついた。

「んんんっ」

もう片方の手のひらが、律の顔を上げさせようとする。嫌々をするように首を振ると、結んでいない髪がぱさぱさと音を立てる。

「もうよせ、律」

「……やうっ」

こんなわけの判らないことをされているというのに、もう一度名を呼んだ中垣の声は穏やかだった。

「よしな、律。……な？」

強引ではないが強い力で顎を押され、開いた唇から引き抜かれる指は律の唾液《だえき》に濡れそぼっている。

「……ッ、あ」

必死に縋《すが》りついていたそれを抜き取られ、覚束《おぼつか》ない気分になった律は小さく呻《うめ》き、痛切な口寂しさを覚えた。

「あ……？」

口の中に残る、濡れて硬い指はもう、取り上げられてしまった。その喪失感にふと、自分のしでかしたことへの恐ろしさが湧き起こる。

（……俺、なにしてた、今）

愕然《がくぜん》と、律は中垣の指を見つめた。

その指が灯《あか》りにぬめっててらついているのを見つけた瞬間、ぞっとするほどの羞恥《しゅうち》と嫌悪にみまわれた。

中垣の指を舐めた。あからさまな、身勝手な欲望を丸出しにして。

触れられるはずのない清冽《せいれつ》な男の指を、キタナイ唾液に汚してしまった。

「あっ、ごっ……ごめんっ」

もう一度その手を取り、ごしごしと自分のシャツの裾《すそ》で拭《ぬぐ》う。

焦ったような律のその手元は震えていて、静かに中垣は目を細めた。

「律」

「ごめん、ごめ、お、俺酔ってて、ごめ……っ」

これ以上ないほどに染まった頬のまま、わななく声で謝罪の言葉を繰り返す律の腕を、中垣は摑む。いたわるような感触がいたたまれずに、律はきつく目を閉じた。

「ごめんなさい……ごめん……」

恥ずかしさに泣きだしそうな律の震える唇を、中垣はそっと撫《な》でてくれる。

「律、俺は怒ってない」

わかったからと言うようなその声に、律の感情はますます昂った。どうしてこんなに落ち着いているのだ。ばかなことをして、見苦しいといっそ諌《いさ》めてくれればいいのに、まるで宥《なだ》めるようにやさしい声なんか出したりして。

（恥ずかしい……）

結局どんな場面でも中垣は落ち着いていて格好よくて、自分ばかりがみっともなくて、惨めさに律は消えてしまいたくなった。

「……もう、やだ……」

「なに」

じわりと目元が熱くなる。中垣は、振りほどこうともがく律の腕を握ったままだった。たいした力を入れている風でもないのに、まるで引き剝《は》がせないその手のひらがいっそ憎らしくなりつつ、律はくしゃりと顔を歪める。

「やだ、も、もう帰るー……」

「おい、ここがおまえの家だろ」

半べそで駄々っこのようなことを言いだした律に、中垣の声に苦笑が交じった。

結局いつでも中垣はこうだ。ふて腐れたり失敗して青ざめたりする律を、仕方のないと言いたげな顔で全部あっさり流してしまう。

けれど、今回のこればかりはもう、許されて嬉しいたぐいのことではなかった。要するに自分という存在は、中垣という男の情動をなにも動かすことができないのだと、その程度なのだと思い知らされたような気分だった。

いたたまれない。いっそ死んでしまいたい。泣きわめいてこれ以上の醜態をさらす前に、中垣の前から消えてしまいたいと思って、律は叫んだ。

「もー帰るってば、帰るのっ！」

「ああ、もう……律」

そのさまは、まるっきり癇癪《かんしゃく》を起こした子供のようだっただろう。じたばたと手足を振り回し、赤い顔でべそをかいて、もう見ないでと顔を背けた瞬間だった。

「落ち着け、いいから、……ほら」

中腰のまま逃げようとする律を捕らえたその長い脚は、なめらかな動作でその持ち主の元へと引き寄せる。

（――えっ？）

ろくな抵抗もできずにその胸に倒れこんだ律は、あやすように髪を撫でられて潤んだままの瞳を幼く見開いた。

「……いきなりひとの指を食うか、おまえは」

喉奥で笑う中垣の行動の意図が読み取れず、律は身じろぎもできぬままパニックに陥《おちい》った。

鼻先に当たる、硬い胸の感触。かすかに煙草の匂いが混じって、長く強い腕が、律の頼りない身体をきつく、抱きとめている。

(え？　……えええ!?)

なにが起きたのか、とただ呆然《ぼうぜん》と目を瞠っていれば、耳元に低い囁きが落とされた。

「口の使用方法と、順番が違うだろう」

おどおどと上目に見つけたそれに、きゅうっと心臓が引き絞られる。穏やかさはいつもと変わらない、でも確実に色合の違う中垣の表情は、どこか艶《つや》めいた印象を与えた。

「それとも、いつもそんな風なのか？」

だが、さらりと続けられた言葉に、胸を苦しめる痛みは冷たさを纏《まと》いつかせる。

「……え」

胸に預けていた身体を硬くして、さっと蒼褪《あおざ》めた律の顔色に、中垣は、ああ、と慌てたように肩を抱いた腕を強くする。

「そうじゃない、あー……からかってるんでも、責めてるんでもないから、そんな顔、するなよ」

また間違えたな、と中垣は苦く唇を歪める。

律はなにも言えない。固まったままの青年を長い腕ですっぽりと包み込んだまま、中垣はふっと真面目な顔をした。

「どうもうまくないな、こういうのは」

そして言いながら、首筋と竦んだ肩のあたりに、高い鼻梁を埋めてくる。

長い腕がさらに巻きつくように身体を縛《いまし》めて、なにが起きたのか判らないままの律は茫然と身体を預けているしかできない。

(夢……かな)

けれど今、鼻先にはほのかに伝わる体温と、中垣の肌の匂いがある。夢想する中でも知ることのできなかった、そのリアルなぬくもりに、律は陶然《とうぜん》となる自分を止められない。

「……遼さん」

「うん?」

名を呼び、返ってくる声の近さにようやく、自分が中垣に抱き締められているらしいというこことがおぼろげながら飲み込めて、じわじわと驚きと緊張のあまり下がっていた血が上りはじめた。

「……よくわかんないんだけど」

「なにが」

ふぬけたような声しか出せない律の耳元で、中垣の答《いら》えはあまりにもやさしい。

幻覚か幻聴か。それともやっぱり、これは夢だろうか。

「なんでこんなことになってんのかな」

パニックのあまり、平坦で幼いような言葉しか紡《つむ》げない律に、中垣はいよいよ笑いはじめる。

「……だから、そりゃ、おまえさ」

温まりはじめた細い身体を、中垣は少し強く抱いた。シャツ越しに伝わってくる鼓動は、決して穏やかなものではなかった。

「おまえが指食っちまったのと同じってことだろう」

笑いを含んだ声に、律の身体はもう一度きつく強《こわ》ばる。

「……うそだよ」

長い沈黙の後に、ぽつんと呟いた声は潤んでいた。

「うそだ……」

そう言いながら、信じさせてほしいと伸ばす頼りない腕を、中垣はしっかりと捕まえる。

「嘘じゃない。なあ、律。俺に言うことがあるだろう」

震えを止められないままの肉の薄い身体は、しんなりとやわらかく中垣の腕にたわめられた。

「なんか、言うことがあるだろう？」

子供でもあやすような口調で、中垣は囁いてくる。聞いたことのないような、甘くとろりとしたその声音に震える指を伸ばせば、手のひらには確かに硬い彼の肩の感触があった。

「遼さ……」

半泣きの律はひきつった呼吸を張りつめた肩口に埋めたまま、引っ繰り返ってしまいそうな声を堪えて、ようよう呟いた。

「じ……住所……」

「ん？」

切れ切れのそれが聞こえない、と中垣が顔を覗き込んでくる。律は必死の思いで、ずっと聞きたかった問いを口にした。

「……住所と、電話……」

「は……？」

おそらく中垣の聞きたがっているそれとは違う単語に、シャープな目元が丸くなる。

「教えて、俺……遼さんの、知らな……」

我慢して我慢してそれだけをやっと紡いだところで、派手にしゃくり上げてしまった律の瞳から、ポロリと雫《しずく》がこぼれ落ちた。

「なんで泣く」

苦笑しながらの問いに応えられず、曖昧に律は首を振った。

少し乱暴に、傷だらけの指が頬を拭ってくる。後で教えるからと言われて、子供のように頷いた。

「……電話、してもいい？」

「いいよ」

「遊びに行っていい？」

「ああ」

もう一度抱き締めなおしてくる広い背中に、怖《お》ず怖《お》ずと腕を回して、肌を破りそうに高鳴る心臓の息苦しさに喘《あえ》ぎながら、律はもっとも告げたかった言葉を唇に乗せた。

「遼さんが、好きなんだけど、それでもいい……」

ぎこちなく強ばった、だが今までに囁いたどの時よりも真剣なその告白に対する中垣の返事は、少し強引で荒っぽいような口づけだった。

「……っふ」

かつん、と歯の先が当たって少し身じろげば、逃げるなというように追ってくる。後頭部に手のひらを添えられ、首を捻《ひね》るように角度を変えられて、こじ開けるようにして忍んでくる舌の先を拒むことなど考えられないまま、律の唇は従順に開かれた。

「ん、ん、……っ」

中垣とははじめてのキスなのに、湿った音を立てて口の中を全部舐められて、律はびくびくと背中を跳ねさせる。そのまま背のくぼみを辿《たど》るように撫で下ろされれば、爪先から甘ったるい疼《うず》きが走り抜けていく。

「……っん、や……っ」

「んん……？」

好きだと言ってしまって泣いてしまったし気持ちは昂っているし、このままではぐちゃぐちゃの状態にされてしまう。

おまけに中垣の与えてくる口づけときたら、大概遊んでいたつもりだった律の経験などお笑いぐさの濃厚さで、たかがキスにくらくらになるほど感じさせられたことなどない律は、期待と紙一重の恐怖感におののいてしまう。

（や……すご、……っ）

このままでは、なにもかもうやむやになりそうだった。感覚に溺《おぼ》れて、わけが判らなくなってしまうのが嫌で、律は必死でその淫蕩《いんとう》な唇を振りほどき、中垣の背中のシャツを引っ張った。

「り……遼さんッ……待っ……、だめ」

「なにが」

「んー……ま、……ん、んっんっ」

待って、と言うのに少しも待ってくれない。喘《あえ》いでほどけた唇はすぐにまた塞がれて、激しすぎるキスの合間に霞《かす》む目を凝らせば、ぞくりと身体中が粟立《あわだ》った。

（すごい、目……）

まるで睨むような、きつい視線。じっとこちらを見つめるその熱っぽい瞳に、律への欲望を滲ませているのを知らされて、背筋が溶けてしまいそうだった。

腰が抜けて、もう力が入らない。このままいっそ流されてもいいと思って、しかし、でも、なんだか。

「ちょっと……！」

今までの穏やかさからして、豹変《ひょうへん》、と言ってもいいほどの中垣の強引さにどうしても面食らう自分がいて、律は必死に腕を突っ張った。

「なに？」

「な、なにって、なにって……ちょ、待ってよ、大体なんで……っ」

訊《き》きたいのはこっちの方だ、と赤い頬のまま肩を喘がせた律は唇を開閉する。何度か空咳《からせき》をしたのは、きつい口づけに舌がもつれていたせいで、それさえ恥ずかしいと思いながらもようやく、かすれた声を発した。

「なんでキスなんかすんだよ……っ!?」

なにせ、今までが今までだ。いくら隠してみせたところで、律の態度はあからさまな秋波を送ってはいたと思う。それでも、中垣の態度にはまったく変わることなどなかったし、だから全然見込みなどないと思っていた。

（なにがどうなってんの－!?）

もうずっと、諦める方向でしか考えたことはなかったのだ。

それがこんなに急に求められちゃっても、びっくりするばっかりで頭がついてこない。だからちょっと待ってと告げれば、なぜだか彼の空気はますます不穏なものになる。

「……俺が好きってのはこういうこととは違う？」

混乱する律を見据えた中垣の瞳は、妙に危ない光を孕《はら》んでいる。そのくせに、見た目だけはいつもの穏やかな表情と声で尋ねられて、ぶんぶんと律は首を振った。

「ちが、違わないけど……」

何度も強く吸われて、元より滑舌の悪い律の言葉はさらにもつれる。そんな律に、ほんのわずかに苛立ったようなものを含んだ中垣の声が届けられる。

「じゃあなに」

なにってあんた。もうちょっとこう段階ってモンが。

ぱくぱくと唇を開閉した律は、ふと先ほどの中垣の言葉を思い出した。

「じゅ……順番が違うって言ったの遼さんじゃんか！」

「……ああ？」

しかしその言葉に、中垣はきつく眉間に皺を寄せた。

いまだにパニックを引きずっている律は急展開とアルコールにぐるんぐるんのままで、居心地のよかった腕を抜け出す。

早口に言い募り、ずるずると尻でいざって、長い腕の届かない距離に逃げたのは本能的な行動だった。

「だ、大体、なんなんだよ！　ひとにすきって言わせといて、いきなりこれはないじゃん！」

言いながら、律は膨らんだ気持ちが急速にしぼむような惨めさを味わった。

（そうだよ……）

中垣が自分のことをどう思っているかなど、律はまだ判らないままなのだ。

もとより嫌われてはいないと思う。キスは、してくれた。だから多分そっち方面も、オッケーだということだろう。抱きたいと思ってはくれたのだろう。

でも、それだけじゃ、なにもわからない。

「遼さん好きだから俺、ヤじゃないけど、でも……！」

今まで、律にとって寝ることにはたいした理由はいらなかった。都合がいいからとか、そんな身も蓋《ふた》もないセックスもしたこともある。

なんとなく急に盛り上がってなだれ込んで、そんなのめずらしくもなんともない。

「でも……っ」

過去を振り返れば、彼を責められないのはわかっていた。それでも中垣には、本気で好きな相手には、お手軽なヤツだなんて、思われたくなかった。

頭も悪いくせに、そんなことばかり気になっている自分が、贅沢《ぜいたく》なことを言っているとは思ったけれど、中垣にだけは。

肩で息をした律に、くっきりとした眉の皺を深くし、だが少し考え込むように目を伏せた中垣は片手を上げ、もう片方でそのこめかみを押さえた。

「……ちょっと、待った」

そして、まさかとは思うが、と怒っているような声で言う。

「おまえ、知らなかったのか？」

「なにをっ」

疲れたような響きの声に鼻息荒く言い返すと、じっと律の顔を眺め、中垣は深々とため息をついた。

それから、興奮のため中腰になっていた律に、座れよと促した。

「……律、おまえ、俺のことよく見てたよな」

不承不承、中垣と膝《ひざ》を突き合わせれば、ばればれだった態度を指摘され、律はかあっと赤くなった。結局、知られていたのかと、それで見ぬふりをされていたことかと感じれば、かなり傷つく。

「だ……から、なに？」

低い声で唸るように呟き、唇を噛んで目を潤ませた律に、慌てたような中垣は苦い顔で「だから、からかってるんじゃない」と言った。

だったらなんだ、と恨みがましく上目に睨《ね》めつければ、困ったな、と彼は額を親指で掻く。

「あー……そんで、おまえ、全然気づかなかったのか」

「もう、だから、なにをっ」

意味のわからないことを尋ねてくる中垣がひどく意地悪に思えて、赤らんだ瞳でさらに睨めば、相手はがっくりと頭を垂れた。

「まじか……？」

低く、地を這うような呻きには逆に驚いて、律の視線からはだんだんと険が取れていく。

（なんなのさ……？）

代わりに襲ってきたのは困惑だ。そのまましばらく黙り込んでしまった中垣の態度に、律は戸惑いを覚える。

本当は、その口からはっきりとなにか言われるまで、意地でも口を噤《つぐ》んでいようとは思ったのだ。しかし、意志薄弱な律はいつまでも不機嫌顔を維持してもいられない。

「……あの？」

そして結局、沈黙に耐えられない律が困り果てて声をかける。うなだれた男の顔をそっと覗き込めば、深々としたため息がそのきつく結ばれた唇から零れていった。

「遼、さん？」

ささやかな吐息にさえもびくりとしてしまって、律の声は自然、細く弱々しいものになる。

結局は惚れた弱みで、中垣の機嫌を損ねることが怖いのだ。

「――……律」

「あ、はい」

恐ろしく低い声で名を呼ばれる。それは仕事でへまをした時の呼びかけにも似た声色で、律は反射的に居住まいを正した。

うなだれたままの中垣の手がこっちにおいで、と手招きで呼び掛けてくる。

「な、なに……」

「……もうちょっとこっち」

怖ず怖ずと膝でいざった律に、今度は声に出して中垣は近寄れと言う。

(なんだろ……)

座ったままではもう近寄りようがなく、仕方なく伸び上げた上半身を、中垣の腕がそっと捕まえる。とくん、と触れられただけで跳ね上がる心臓を堪えれば、身じろぎに気づいたかのように手のひらに力が込められた。

そうして律の細い腰を両手に包み、顔を上げた中垣は、読めない表情で瞳を覗き込んでくる。

「あの、遼さん……?」

身体のラインを辿るそのやわらかな、だがどこか艶めいた動きの指先に、律はまた赤くなる。そのあまりに初々しい反応に、中垣の浮かべた表情は、いつもの「仕方ないな」と言いたげな苦笑だった。

「律、本当にか？」

「え、なに……」

そっと引き寄せられながらの言葉に、律はくすぐったいような気持ちを覚えた。

そして、中垣のひそめた声音を耳元に吹き込まれ、小さく肩を震わせる。

「俺がこういうこと、ずっとしたかったっておまえ、本当に……知らなかったのか？」

「あ、え……ひゃっ⁉」

そっと耳朶《みみたぶ》を噛まれ、返事をするつもりだった唇からは変な声が出た。驚いて見開かれた瞳に、知らない顔で笑う中垣の姿が映る。

うそ、と言うと、中垣はきつく抱き竦めたまま自嘲気味のため息を零した。

「嘘なわけあるかよ」

時たま厳しいけれど、彼はいつでも穏和にやさしかった。

この今、見つめてくる瞳の温度には確かに普段よりも高い熱を感じるけれども、こんな視線を向けられた覚えはない。

「……だって、え、……いつから……？」

もうずっと追いかけ続けていたのは律の方だ。一挙手一投足を見つめ続けて、しかし中垣の態度は、出会いからとくに変わることはなかったはずだ。

「いつ、もなにも……最初《はな》っから」

律が訝《いぶか》れば、はじめて逢った時から、と中垣はあっさりと言った。

「て……嘘じゃん、だってあんた睨んでたじゃん！」

「いや、だからね……あれは睨んだんじゃなくて」

見惚れてたんだ、と照れたように言われて、それこそ信じがたいと律は眩暈《めまい》を覚えてしまう。

「あんなおっかない顔でー……？」

「地顔なんだからしょうがないだろうが」

言われてみれば、ファーストコンタクトの時も今も、中垣の表情にさほどの違いはないようにも思えてくる。

けれど確かに、こうして見交わす瞳にはなにか、淫靡《いんび》なものが込められているように感じるのは、律の認識が変わったせいなのだろうか。

（わ……わかりにくすぎる……）

だってそんな素振りはなかった。どれほどよくしてくれても、中垣から律に向けられる視線に、そんな熱いものを感じたことはなかったのに。

「まあ、隠してたからな。……まさかここまで気づいてもらえないとは思わなかったが」

「隠して……って、でも」

吐息する中垣に、もしかして自分は自覚するより鈍いのだろうかと律は思う。

「全然わかんなかったよ……？」

窺《うかが》うように上目にみつめた先、曖昧な表情で笑う中垣がいる。そして律ははたと、自分はどうだったのだろうと尋ねたくなった。

「……俺は？」

「うん？」

いつのまにか密着して、膝の上に抱きかかえられるような体勢のままそう尋ねれば、ひとの悪い笑みが返ってきた。その瞬間、耳の縁《ふち》まで律は赤くなる。

(知ってた……！)

まったくばればれだったことが、その意地の悪い笑顔から感じ取られ、律は唸って中垣の胸を押し返した。

「……根性悪いっ！」

「ごめんごめんごめん」

振り上げた拳はあっさりと取り上げられ、茹《ゆだ》ったように赤くなった頬に誤魔化すような唇が触れた。小さな音を立てたそれに半分以上誤魔化されながら、あんまりだ、と律は言う。

「すっげえ、悩んだのに……！」

中垣が困ったら嫌だったから、懸命に恋心を抑えつけていたのに。

その気もないのにやさしくするなと、逆恨みした夜もあったのに。

「俺のことばかにしてんのかよ……！」

「違うよ」

長い腕の中でもがきながらの声が潤むのに、中垣は思うよりずっと真剣な声で言った。

「まあ、タイミングと……俺も余裕はなかったし」

「余裕ってなんだよっ」

耳元に直接囁かれるそれに、半ば懐柔されそうで、けれど悔しくてたまらないまま律は声を荒げてみせる。

「……だからさ。宮本さんは、適当によろしくって言ってたけど、えらいことを押しつけてくれたもんだってな、……かりかりしてたんだよ」

律を腕に閉じこめたまま、おまえが思うよりはテンパってたぞと中垣は言った。

「宮本さんが帰ってくるまでは、あの店の責任者は俺だしさ。やっぱりまずいだろ」

「まずいってなにが……」

話が見えない、と眉を寄せた律に、しゃあしゃあとした言葉と唇が同時に落とされる。

「だから、仕事中にもよおしたら」

「もっ……!?」

淡々とあっさりと、とんでもないことを言った中垣に、律の方が恥ずかしくなったが、それ以上に中垣のイメージにあまりに合わなくて疑わしい。

「遼さんがぁ……？」

内心に浮かんだそのままを口にすると、失笑が返ってくる。

「いいひと面《づら》して、ろくでもないこと考えてたんだぞ、ホントは」

「……ぜんっぜんそんな感じじゃなかった」

赤い顔のまま胡乱《うろん》に睨《ね》めつければ、買い被《かぶ》りすぎだと中垣は笑った。

「俺の理性とやらを過信するなよ」

切れるとやばいからセーブしてるだけだと言う中垣に、まさか、と言いかけた律だが、つい先ほどのキスを思い出し、確かになあ、と赤くなる。

「だっておまえ、断って突っぱねる方じゃないだろ」

「……それ微妙に失礼……」

ふて腐れてみせつつ、それ以上に、店を切り回すのに案外必死だったのだという言葉には、どこかほっとしてもいた。

律の感情にまで手が回せる余裕がなかった、という中垣は、どこかしら遠く手の届かない『完璧な』彼のイメージを、少しだけ拭《ぬぐ》ってくれたような気がして。

「あのさ、なんで……」

「ん？」

中垣がなぜこんな面倒な仕事を引き受けたのか、そういえば聞いていなかったと気づき、尋ねかけた律はしかし途中で口を噤んだ。

長い話になりそうだったし、それより今はもっと、聞きたいことがある。

「なに」

やさしい目の中垣に、ほんの少し物足りなさを感じるのは、欲張りなのだろうか。

「……なんで、そういうこと、したいの？」

「あ？」

「だから、……んと、なんで……もよおす、って、さっき」

どうにもいかがわしい言葉を口にするには抵抗があり、それでもじいっと覗き込んだ律に、こいつは、と中垣は呆れ笑いを洩《も》らす。

「言わせるか、どうでも」

笑って言いながら、それでも正面から抱き締めなおしてくれるから、律もおとなしく言葉を待った。

「律のことは、湯田から聞いた。ちょっと軽いけど、素直な『いい子』だって」

おとなしやかな友人の、子供扱いな表現に思わず唸る。

「直海のヤロー……」

「実際、そうだったけどな」

いいヤツ、ではなくいい子、という表現が実際逢ってみてまたぴったりだったと中垣は笑った。

「遊んでるけどすれてないって、あの人間嫌いの偏屈が言うんだから珍しくってな」

「え……？　偏屈？」

少し皮肉に笑った中垣の、直海の性格に対する容赦のないコメントに、律は「そうかなあ」と首を捻った。

「直海はやさしいよ、人見知りだけど」

「ああ、おまえの言葉だとそうなるか」

思わずフォローを入れた律に中垣は含み笑い、ひどくやさしい視線が下りてくる。

「律のな、……そういうとこがいいよ。疲れてる時、随分助かった」

「え、疲れるって、遼さんが？」

「ばか」

きょとん、と目を丸くした律の頭を、吹き出した中垣はペンと叩いた。

「おまえな、俺をなんだと思ってる？」

そう尋ねた中垣の声に、確かに今まで気づくことのできなかったわずかな疲労を感じて、律は少し切なくなった。

髪を撫でた指がたくさんの傷を持っていることも、知っていたくせに。実のところ不器用で努力家の彼を知っていたはずなのに。

（俺が、気づかなかっただけ？）

あの指先の小さな傷たちを、もっとちゃんと見ていれば、もう少し早くに彼の内側を知ることもできていたのだろうか。そうすれば、勝手に諦めることもなく、このぬくもりを得ることもできただろうか。

出来すぎ、とさえ思っていた中垣という男のことを、追いかけているつもりで実際にはなにも、見ていなかったのだろうか。

そう感じて眉を寄せる律に、中垣は小さな口づけをくれる。

「……俺、なんにもわかってなかったのかな、遼さんのこと」

ぽつんと呟くと、傷だらけの指に髪をそっと撫でられた。

「律はどう思う？」

「え……」

「わかってなかったって思うか？」

問われて、律は少し考える。

わかるわからないと考える以前に、彼のことをそれほど知っているわけではない自分が、えらそうに言えた義理ではないしと、そんな風に思った。

逡巡《しゅんじゅん》する耳元には、ほんの少し気弱な、笑み含んだ声が聞こえてきた。

「好きなヤツにええカッコしいしてただけの、フツーの男は嫌か？」

「……え？」

囁かれた言葉の意味が脳に到達するまで、数秒の間があった。

「ん？」

俯けていた顔をがばりと跳ね上げた律に、中垣はめずらしく視線を逸《そ》らした。

「遼さん、今……」

「うん」

そっぽを向いた中垣の、耳のあたりが少し赤い、気がする。

「それ、あの、俺……」

「うん」

真っ赤な顔のまま、あわあわとなって自分をそろそろと指差すと、髪をぐしゃぐしゃにかき回された。

世にもめずらしい、赤くなった中垣、という代物《しろもの》を、まじまじと律は見つめて、そして思わず笑みを浮かべる。

「……えへ」

ふわふわと、先ほどのアルコールよりも強いなにかが律を酔わせて、どうしてもだらしなく緩んでしまう口元が止められない。指の先から急激に血が集結して、一気に心臓と顔に流れ込む、そのざわざわするような感覚はくすぐったさにも似ていて、中垣が顔を顰めてみせても直らない。

「おい、笑うな」

「えー……へへ、だってさっ」

おかしいのと、嬉しいのとが混じり合ったまま、多分随分だらしない顔になってしまったと思う。ついには声を出して笑いはじめた律に、やっぱり少し赤い怒ったような顔と声と、唇が迫る。

「あは、ちょっ……やだって」

「やだじゃないっつの……笑うな！」

怒られて逃げて、捕まえられる。追ってくる腕がただ嬉しいことなどもうきっと、ばれていた。

「や、も、……ん、んっ」

証拠に、前置きもなく唇を塞がれて、今度こそためらいなく広い背中に腕を回すと、伸《の》し掛かられてあっさりと床に転がされる。

「……するの？」

「ん」

覆いかぶさる男に唇の中を散々蹂躙《じゅうりん》された後、濡れた声と瞳で律は尋ねた。

「シャワーとか、は？」

胸に置かれた手のひらが微妙な動きを展開するのにわずかに息を乱しながら言うと、中垣は苦い顔をした。

「……おまえ、余裕だねえ」

「あ？」

およそ自分の情況と程遠い言葉に首を傾げれば、掬《すく》い上げるように抱かれた腰に、長い脚の間にあるものが押し当てられ、律は息を呑んだ。

「……遼、さ……」

中垣の強引さがどういうところから来ているものかを知らしめる確かな熱に、律は恥ずかしさと嬉しさとその他のものがごちゃ混ぜになったような、半泣きの表情になる。

「悪いけど、悠長に風呂に入ってられねえよ。律がどうしてもって言うなら仕方ないけど」

「そん……」

耳元でそんな切羽詰まったような声で言われて、焦《じ》れている男の性を逸らし切れるほどに、律は意地悪でもなく、また初心《うぶ》でもなかった。

「そんなのいいっ……」

肌が痺れて、眩暈がする。じんわりと湿っていく背中を宥《なだ》める手のひらを、もっと強く、もっと近くに感じたいと痛烈に思った。

重なった腰を擦り寄せて、中垣の首筋にそっと唇を寄せる。長い腕が強く、きしむほど抱き締めてくる。痛みさえ心地よく、熱っぽい吐息を律は洩らしてしまう。

「すぐ、して……」

そうして囁いた律のかすれた声を、中垣は舌先に搦《から》め捕った。

＊　＊　＊

すぐ横にベッドがあるのに床でいたすこともなかろうと、ひょいと自分を抱きかかえた強い腕に眩暈がした。

まだ春先とも言えない時期、暖房をつけているとはいえ、フローリングの床は底冷えがする。

寒がりの律がセーターを肩から落とし、下に着込んでいたシャツのボタンを外しきらない内に、胸の上に張りつめた小さな粒をいじられて、うずうずと腰が揺れた。

「いっぱい着てるなあ、おまえ……」

「ご……ごめ、あっ」

面倒ぶって、そのくせどこかおかしそうな中垣に、言いかけた謝罪の言葉は、甘ったるい嬌声《きょうせい》に遮られる。尖らせた舌先が耳殻《じかく》の輪郭を辿ったことで引き出されたそれは、濡れた響きに呼び水をもらって、滴るような湿度を孕《はら》んだ。

「あ……あ……っ」

そこかしこに口づけられながら、はだけたシャツからのぞく肉の薄い胸を、硬い指が撫でる。少し窺うようにしながら律の声と官能を引き出していく中垣は、男ははじめてだと言った。

「ちょっと……慣れないかも、しれないけど」

「……ん、い……よ」

節操のなかった自分に対して言葉を濁した律に、許すような声で、勝手が違ったら悪い、と告げた中垣は、そろそろとした動きで律の身体を識《し》ろうとしている。

「ふ……っ」

じりじりする指の動きに、律は唇を噛みしめた。

(なんか……こう……)

やさしいのは嬉しいが、もどかしさに耐えかねて首を振れば、指の動きを止め、気遣うような瞳が覗き込んでくる。律に欲望を感じてくれているのは確かだろうが、肉の薄い身体をどう扱えばいいのか、中垣はためらっているようだ。

(焦《じ》れったい……っ)

唇を噛み堪えていた律は、たまりかねて首を振った。

「違う、遼さん……っ！」

「……えっ？」

中垣相手にリードを取る日が来ようとは思わなかったが、こんなにまだるっこしい愛撫《あいぶ》では、焦らされているようでたまらない。

「もっと、やりたいようにやっていいってばっ」

「って……平気なのか？」

それともひょっとしてわざとかもしれないと疑った律は、窺うように覗き込まれて身体中を赤く染めながら、かすれた声で叫ぶ。

「なこと言ったって、俺……焦れったいの、やだ……！」

戸惑わないでほしい。怖くなるから。

寝てみて幻滅したなんて、掃いて捨てるほどある話だ。そんなの冗談じゃない、と内心の不安を堪えて、律は強気に瞳をきらめかせた。

「いっぱい……いっぱい触って」

「律……？」

だてにベッドで経験積んできたわけじゃない。こうなったら意地でも夢中にさせてやると伸び上がり唇を合わせながら、中垣のシャツのボタンを外していく。

そこに現れた、想像以上に引き締まった肌を見た瞬間、くらりとする。なめした革のような日に焼けた肌、そこに包まれた筋肉は、脂肪の厚みもほとんど感じられない。

きっかりと鍛え上げられた身体は想像以上に逞《たくま》しくて、煽《あお》るよりなにより、触れたいと感じる欲求がこみ上げてくる。

「遼さんのやりかたで、やって……」

濡れた瞳と上擦る声で甘ったたるくねだって、中垣のはだけた胸に口づけ、小さく差し出した舌を慎ましげにそろそろと這わせる。

「り……っ」

ぞくりとなったように身じろいだ中垣が、荒っぽくなった仕草で律のジーンズを引き下げ、肩口に歯をたてながらもどかしげに吐息した。

「――……あっ」

肩に食い込む、並びのいい歯の感触がたまらず、甘く呻いた律に、中垣はどこか挑むような瞳でにやりと笑う。律の挑発は、確実に中垣から最後のためらいを払拭《ふっしょく》することに成功したようだったが――。

「……そんじゃ、遠慮なし、な」

危険な感じのするその笑みに、煽るんじゃなかったというほんの少しの後悔と、溢れそうな熱情がこみ上げてて、けれども、手遅れだ。

「しないで、ってば……っ」

中垣の肩に赤らむ顔を埋めた律は、精一杯の虚勢を張ってそれでもなお震える声を、縋《すが》りついた広い胸に落とす他になかった。


寝ると本性が判るというのが律の持論だが、中垣に関してもそれはしっかり当てはまるとあらためて思った。

やさしいが強引で、探求心旺盛《おうせい》。おまけにかなり意地が悪い。喋るのは、そんなにホントは好きじゃない。

「ふ……っん、うン……！」

硬い指が、先ほどまでとは打って変わった強引さで肌を探ってくる。律の弱い部分を見つけては執拗《しつよう》に追い上げる中垣に、ただただ喘がされた。

服を脱がすまでにも大概なことをされて、下着がじっとりと湿るまで許して貰《もら》えなくて、脱がせてと泣きじゃくった後には、恥ずかしい格好で脚を開かされた。

嫌がっても、『初心者だから』いろいろ知りたいと言い切られ、電気をつけたままの状態であちこち見られて触られて、律はもうずっと泣きっぱなしだ。

「ん……も、やぁ……ッ」

勝手で、意地悪で、少ししつこい。けれど、律に触れることが本当に楽しげというか嬉しげで、抵抗なんかできたものではない。

「あ、あ、あ、……っ！」

好きでそうしてくれるなら、なんでも許す、そう思いたい、でも。

ごくソフトなタッチで掠《かす》めていく傷の多い指。絡み合った脚に当たる熱と裏腹な、緩やかで穏やかな愛撫が余裕を見せつけるようで悔しい。

「やっぱ……やっぱりわざとじゃん……っ！　あ、あ、やっ！」

「なにが？　初心者だからな、気をつけてるだけだろ」

抗議の声も笑っていなされ、追い上げては逸《そ》らしてばかりでは、いい加減こちらもだめになってしまう。

「うそ、うそつ……っ、んあっ」

ひどいと詰《なじ》っても、中垣は小さく笑うばかりで相手にしてくれはしない。左胸を吸われ、反り返る背中のくぼみをくすぐられ、律はがくがくと頭を振った。

「い、いや、噛まないで、噛ん……っ」

ぷつんと赤く立ち上がったそれを歯で挟み込まれ、舌に転がされ、啜《すす》り泣くような声ばかりが赤く染まった唇から洩れていく。

「あっ、あっ、……んんっ！」

それだけでも脳が赤く染まりそうにくらくらするのに、もぞもぞと摺《す》り合わされる脚の間にあるものを、中垣はゆるく指に捕らえるばかりで、律は勘弁してくれと叫ぶ。

リードを取れるなんて思ったのは浅はかな思い込みだったと、朦朧《もうろう》となる意識の中で律は臍《ほぞ》を噬《か》むしかない。

「も、やだ……いきたい……っあ！」

もう恥じらっている場合ではなく、中垣の手のひらに押しつけるように腰を振る。硬い手のひらが湿り気を帯び、濡れた音が立って、張りつめた粘膜の痛みがじりじりと律を追いつめた。

「んあ……やっ……かた……いっ」

荒れた指の感触が、思う以上に律を惑わせる。ざらざらとした親指の腹で、雫《しずく》を垂らす先端を何度も撫でられて、そのたびにうねるように腰が躍った。

痛みに似たその刺激は、今までに知らない。それ以上に、中垣の指だと思うだけでもひどく興奮してたまらず、喘いで反らされた胸にはまた、意地悪な舌の先が触れてきた。

「ああんっ！」

ぴんと硬くなった小さな粒を濡れたやわらかいものに弾《はじ》かれて、足の指が攣《つ》りそうなほどびくびくと反り返った。その瞬間、きゅうっと竦み上がったのは肩だけでなく、中垣の腰を挟み込んだ脚の付け根と、そのさらに奥も同じだ。

「……っん！」

幾度も腿《もも》を撫でられ、さらに疼いてひくついた尻の丸みへと中垣の指先は滑り降りる。大きな手のひらに包まれるようにされれば、身体の震えは治まるどころかますますひどくなるばかりだ。

（やだ……）

まだろくに触れられてもいないままの小さな尻の奥は、先ほどから緊張と弛緩《しかん》を繰り返している。汗と、今中垣から与えられる愛撫によって溢れた体液とがその場所まで伝わって、濡れた感触に身を捩《よじ》れば、さらにもの狂おしいような焦燥感は募った。

「ここ、いい、律？」

入り口を押されて、ひくんと身体が強ばった。軽くこねるように指先を動かされ、まだ抵抗感の強い部分でさえ律は仰《の》け反《ぞ》る。

「……なあ？」

「や、……っん」

跳ね上がった腰の淫《みだ》らさと、その声と表情で、律は中垣の問いへの答えを教えた。

「ん、あ、あ……っ」

もうとっくに、欲しくなっている。疼いてたまらないそこは、中垣を感じたがって淫らにひくついたままだ。硬い指先を食《は》むようにする自分の身体の正直さに、情けないような気分になるが、それ以上に、驚いた。

（なんで……？）

代用としてこの場所を使うセックスははじめてではない。それでも、こんなに痛烈に『欲しい』と感じたことなどなかった。今すぐにも中垣の熱いもので貫かれて、ぐちゃぐちゃにされたいような欲求が襲って、律は自分の身体の変化にぞっとするような気分になる。

怖くもあり、また嬉しくもあった。本能さえもねじ曲げて、欲しいと思うものをもうすぐ、手に入れることができる。

だが、さすがにこのままでは無理だと、律はゆるくかぶりを振った。

「いや……い、や……っ、待ってっ」

乾いたそこに潜り込もうとする指を摑んで、痛いくせに感じながら、お願いだから、と律は死にそうに恥じらいながら言った。

「そこに、ジェルあるから……つけて……」

ベッドサイドの引き出しを指さし、こんなものを持っている自分に呆れはしないかと上目に窺った男は、だがあっさりと頷いた。

「……これ？」

「ん……」

中垣の手に握られたチューブを直視できずに赤い頬のまま頷く。期待に震えて、恥ずかしくてたまらなくて顔を逸らしたままの律に、ちょっと意地悪く笑いながら中垣は言った。

「どっちにつける？」

とたん、律の表情はくしゃくしゃと歪んだ。かあっと熱くなった頬は、甘ったるいそれではない羞恥にひりひりと痛くなる。

「ばか……っ！」

「っと！」

どこまでいっても余裕の男に半ば本気で悲しくなりながら、律は広い胸を拳で殴った。遠慮のないその力に、さすがに中垣も軽くむせる。

「もう、やだ……っ！　おちょくってんだったらやめるっ」

「ああ、悪かった悪かった……って、落ち着けって」

「やだっ、もう、しない……っ」

抱えられた両脚をばたばたさせながらわめくと、「それは勘弁」と胸の下に敷きこまれる。怒りに鼻息を荒くする律の滲む目元を舐めながら、中垣は先ほどまでの冗談めいた声色をがらりと変えた。

「……ホントに入れていいのか？　後は、しんどくならない？」

やさしげな声でやわらかに囁かれ、律はむくれた顔のまま、中垣の日に焼けた首筋に腕を巻きつける。

「平気……」

このままでいる方がしんどい、と予感に乱れる吐息で呟く唇をついばまれた。

「ん、ふ……」

促す腕に従順に脚を開いて、中垣の指を受け入れながらゆっくりと首筋を仰け反らせる。

ひんやりしたジェルの感触に眉を顰めた律の首筋から汗が伝い、それを舐め取った中垣にキスをせがんだ。

「あん……あ、……クゥ……」

淫らに差し出した舌を擦り合わせながら、奥に入り込む異物の感触を確かに律は愉《たの》しんでしまう。揺らめく腰の慣れた反応に中垣はなにも言わないまま、観察するような視線で追いつめてくる。

「……ここか」

「やぁ……ッ!!」

鉤《かぎ》形に曲げられた指をぐりっと回されて、悲鳴じみた声が上がった。中垣の腹に押しつぶされる律の性器はほったらかされたままなのに、下肢の奥に潜った指が淫靡な動きを見せるたび、震えながら粘ついた体液を染みださせていく。

「遼さん……っ、りょ、さ……！」

蕩《とろ》けきったようなそこに彼の熱が欲しいと視線でねだっても、伏し目にした男はそ知らぬふりをする。

(根性悪い……っ!)

堪え切れず、律は肩口に縋りつき、中垣の長い脚の間に指を伸ばした。手探りに見つけたそれを思い切り、ぎゅうっと握り締めてやれば、頭上にある引き締まった身体が一瞬強《こわ》ばる。

「こらっ」

「ん、も……おっきいくせに……っ」

小さく背中を震わせた中垣がきつい目つきのまま睨んでくる。だが、指に触れたものの熱さと量感に惚《ほう》けそうな律にはなんの効果もない。

「ねえ……ね、てば……!」

「たく……この」

悪戯《いたずら》を仕掛けた律を言葉でなく咎めるように、指が増やされて、かき回す動きがだんだんと身勝手なものになる。

「あぁ、も……っ、しつこ、い……!」

律は頬を上気させ、激しく髪を振り乱しながら、飲み込んだ中垣の指を締めつけ、手にしたものを煽るように刺激した。

「……っ、うまいな、律」

「……んっ……！　……ばかぁっ……あっ、あっあっあっ」

もうソレのことしか考えられなくなっている律に比べ、息を上げながらも片頬で笑う中垣の余裕顔が悔しい。ゆっくりと指を引き抜かれ、その感触に震え上がった律の唇からは、長く尾を引くような声が零れた。

「は、はやく……はやくして、はや……っ、ンぅ」

「わかってるって……」

汗で滑る肌に懸命にしがみつく律は、焦れた指先で中垣のそれをやわやわと締めつけた。息を詰め、もう笑わない声が耳に触れると、淫らな指先を取り上げられて耳朶を噛まれる。

「あぁ……！　っん、ん！」

肩で息をする律の唇は中垣のそれに塞がれ、さらに大きく脚を広げられる。熱いそれが息づくような蠕動《ぜんどう》を繰り返す場所に触れ、律はたまらずにきつく目をつぶり、上擦った悲鳴を洩らした。

「……律」

「な……に？」

だがそのままで動きを止めた中垣が真面目な声で名前を呼ぶのに、熱っぽく重い瞼《まぶた》を開き、霞んだ目を凝《こ》らす。もうこれ以上いじめないで、と哀れっぽく潤んだ瞳で見上げれば、こつん、と額を額に押し当てられる。

「もう、俺だけだぞ」

あまりに顕著な反応を示す抱かれ慣れた身体にやはり思うところもあるのか、中垣は少しの沈黙の後、ぽつりとそれだけを呟いた。責めるような少し苦い声に切なく眉を顰めながら、中垣の色濃い瞳の奥にほのみえた嫉妬《しっと》に、後ろ暗いような嬉しさも感じてしまう。

「……ウン」

幼く頷くと同時に、ゆっくりと中垣が律を侵略しはじめる。

「あ……！」

ひきつりそうな呼吸を堪え、身体の力を抜こうと律は努めた。わななく長い吐息を、強く中垣が吸い上げてくるリズムに合わせ、腰を浮かせて、また息を吐いて。

「ふ、あ……っ、りょ……！」

ジン、と重く痺れたような肉を拓《ひら》いてくる、力強く熱い中垣の脈動を感じ、それだけで達してしまいそうな幸福感を、指を噛んで堪える。

「——っア！」

「痛い……？」

腰に回された腕で強く引きつけられ、限界まで穿《うが》たれたそれに、ちりっとした痛みが走った。甘い声の微妙な変化に気づいた中垣があやすように耳朶を唇でくすぐる。ちょっとだけ、と律は自嘲気味に笑ってみせた。

「……遼さんと、逢ってから、ずっと……して、なかったから」

ホントだよ、と苦しい息の下で囁くと、小さな口づけがいくつも降ってくる。そして、ゆっくりと腰を揺らされて、律は淡く染まった吐息と声を惜しみなく中垣に与えた。

「……遼さ、……遼さん……っ」

「ん……？」

焦らされ続けた身体はとうに限界で、朦朧となりながら律は懸命に「もう他の誰ともしない」と切れ切れに言った。

「だから……俺のこと、……好きでいて」

「律……」

「飽きるまででいいから……やさしくして……」

ずっとなんて言わないから。そうかすれた声で呟いて、身体の昂りのせいとは違う涙を零した律に、中垣は苦笑する。なにも言わないまま強い腕がきつく背中を抱き締めてきて、何度も深い部分を擦られ、律は甘く呻いた。

「……っん！　あ……いっ、いい……っ」

「律……っ」

安心させるような口先の約束ではなく、苦しいほどの抱擁と口づけが中垣の想いを伝えてくる。揺さぶられ、切れ切れになる嬌声を上げながら、必死になって身体のうねりを彼のリズムに合わせた。

「はあっ、は……あ、あああ……っ」

深く抉《えぐ》られて逃げる身体を押さえ込まれ、嫌だと泣きながら広い肩に縋る。喘ぐ口元は口づけに湿らされ、それでも足りないと舌を噛めば、望んだ以上に強く奪われる。

手足が痺れて、くらくらと目が霞んでいく。もうなにもわからないまま、ただ体内にある中垣の熱に溺れて、律はひっきりなしの甘い悲鳴を上げ続ける。

「っき……りょ、さん、……っ、すき、いい、いいよぉ……っ」

いとけない、舌足らずな涙声で精一杯の気持ちを伝える律に、奥歯を噛んだ中垣は背中を震わせる。獣じみたその仕草にさえ感じて、深く食《は》んだ中垣を、律は逃すまいとするかのようにさらに、締めつけた。

「あ……も、いっちゃう……いっ、いっちゃ……っ」

「律……」

なんの意味もなさない喘ぎと、互いの身体を混ぜ合わせる濡れた音を部屋中に響かせ、中垣の与える激しいまでのセックスに、律はただ溺れていく。

「い……もっ、も……ぉ、だめ、だめ……っ」

言葉はもういらない。もうこの瞬間があれば、なにもいらない、そう思って、それでも。

「……好きだ」

「！　……ああ、あ、……っん、やぁ……いく……っ！」

最後の最後に囁かれた、駄目押しのような告白にざわりと総毛立ち、身体中の骨を砕かれた律は、今までに知らなかったような深い官能の淵《ふち》に、沈められていった。

＊　＊　＊

明け方近く、喉がひどく渇いて目を覚ました律は、鉛《なまり》が入ったように重い瞼をぼんやりと開いた。起き上がろうとする身体をなにかによってかっちりと拘束されていることに気づき、のろのろと瞬《まばた》きをする。

（……なんだっけ……？）

律の形のいい頭は、広い胸板に包むように抱き締められている。

伝わってくる人肌の温かさに、まだいささかとろとろとしながら、「昨夜は誰と寝たっけかなあ」と呑気なことを考え——三秒後、律は一気に覚醒《かくせい》する。

（誰って……って、うわ!?）

奇妙な汗が吹き出し、反射的に跳ね起きようとしたけれども、それよりも長い腕の縛《いまし》めの方が強かった。自覚するより疲労した、重い身体がままならなかったのもあるだろう。

「り……遼さ……？」

「ん……」

喉声で唸った中垣が、硬直する律の身体を捕まえなおそうとする。はじめて見る寝顔を確かめれば、発熱したかのように身体中が熱くなった。

「うわー……」

そしてまた、腰の奥に残る湿った感触とひりつく痛みに、恥ずかしさといたたまれなさが襲ってくる。喉の渇きは、内側にこもった熱と、そしてあの長い指に散々搾《しぼ》り取られた身体が水分を欲しているせいだ。

「み、水……」

あわあわと、数時間前の記憶を蘇《よみがえ》らせた律はひとり赤くなりながら、眠る中垣を起こさないようにそろそろと、伸べられる長い腕の甘い拘束から逃れた。

ゆっくりと身を起こし視線をめぐらせれば、青く染まった部屋の中に、放り投げるように散らばったふたり分の衣服。もつれ合った布切れたちの中、ベッドの足元のあたりにある下着を見つけてしまえば、律はいよいよいたたまれない。

静かに静かに、と気をつけながら足を下ろすと、冷えきった床が素足に痛い。情事の痕跡《こんせき》を少しでも片づけようと中腰になって掻き集めながら、肩が寒くてシャツだけを羽織った。

（後で洗濯しないと……）

中垣の服はたたんでおき、自分の衣服は足音を立てないように移動してバスルーム脇の洗濯機の中へと放りこむ。

「――ふう」

そうっと洗濯機の蓋《ふた》を下ろし、背後のベッドのある六畳間を窺って、中垣の起きた気配がないことを確認する。貼りついたように痛む喉が気になって、小さく咳払いしながら、冷蔵庫から買い置きのミネラルウォーターを引っ張り出した。

直接ボトルに口を付けてひとくち飲み込むと、やたらに甘い感触が染みていく。人心地ついて吐息すると、床から這い上るような寒さに肉の薄い肩が震えた。

「……さむさむ」

なんとなくだるい感じのする足で爪先立ち、そうっと部屋へ戻った律は、ふと顔を上げた瞬間にぎくりと身体を強ばらせた。

「あ……起きちゃった？　ごめん……」

「んー……」

ベッドの上では、煙草をふかしこちらを睨むような表情の中垣が待っていた。寝起きのせいかそれとも別のなにかがあるのか、随分と不機嫌そうでどきりとする。

そして、じっと見つめてくる視線に気づけば、律の細い肩に引っ掛けたままのシャツはボタンさえ止めてはいない。随分とはしたない格好だったと、慌てて前をかき合わせた律を、中垣は手招いた。

「なに……？」

時間帯をかんがみたのと、奇妙な緊張のせいで、寝起きの律の声は空気の振動だけの密《ひそ》やかなものになる。相変わらずむっつりと不機嫌そうな中垣に臆《おく》しながら、それでも素直に呼ばれた方へと近づいた律は、不意の力に体勢を崩す。

「……っ、わ⁉」

ペットボトルを持った腕ごと引きずり寄せられ、中垣の身体の下に組み敷かれる。

「……っ、な、なに？　ど、したの？」

蓋をしといてよかった、とミニボトルにちらりと向けた視線さえ気に入らないように、舌打ちした中垣は、噛みつくような口づけを仕掛けてきた。

「ん、んんん⁉」

もがく律の意志など関係ないといわんばかりに、起き抜けとは思えないような濃厚な舌使いをする唇。絡み合う濡れた音に、冷えていた肌は、あっという間に熱を持ちはじめる。

「な……に？」

ようやく唇が離れ、とろりと甘ったるい声で問いかけた律の乱れた髪を、中垣はそろりと長い指で梳《す》く。

「……黙ってどっかいくなよ」

「え、だって喉渇いたから……遼さん、寝てたから」

どこか責めるような声に面食らいながらそう言うと、「だったら起こせよ」と中垣は言った。そのままぎゅうっと抱き締められ、息は苦しかったけれど、律の顔にはふんわりした笑みが浮かぶ。

（遼さん、こどもみたい……）

甘ったれるように鼻先を律の胸に擦りつける中垣の動きは緩慢で、少し寝惚《ねぼ》けているようだと律は思った。

寝つきも寝起きもいい律は、あまり寝惚けることがない。目新しい表情と寝乱れた髪は中垣の男っぽい容姿を損ねるものではなく、少しどきりとするような色気があった。

だというのに不思議な微笑ましさを覚え、眠さに余裕と体裁をかなぐり捨てた男の頬に小さくキスをする。

（なんか、可愛いなあ）

言ったら怒られそうなので胸の内でこっそり呟き、広い背中を抱き返すと、伸び上がってきた唇が強く吸いついてくる。

「……律」

「んン……？」

ふんわりした気分で受け入れていたキスは、いつまでたっても去っていかない。余韻を楽しむにはあまりに長くしつこいそれを訝った。律の声を奪うように、舌を搦め捕られる。

「ん、ちょ……、ちょっ、と……っ」

何度も唇を舐められて、重なりあった腰のあたりにじわんと重く甘ったるい熱を感じた。このままではまずいと思って身じろげば、しかし同じような状態の中垣に腿が触れてしまって、律は目を丸くする。

「……え？」

思わず声を上げ、そろりと上目に窺った男は、いつのまにやらすっかり目が覚めたようで、眇《すが》めた瞳で笑っている。

（まじかよ……）

昨夜、といっても数時間前。あんなにあんなに――いろいろと、したのに？

「ん――？」

首筋にねっとりと舌を這わされて、往生際悪く愛想笑いを浮かべた律の言葉には、生返事が返ってくる。

「ね、あの……ほら、明日宮本さん帰ってくるし」

「どうせ夜だろ……？」

面倒がっているのがありありの中垣の声は、彼がすっかり戦闘モードに入っていることを知らせてくる。いや、もうそれは下半身の気配で充分察してはいたのだが、それでもやはりまずいだろう、と律は焦った。

明日はまだ平日で、こんなつもりではなかったからいろいろと予定もあるし、久々の受け身のセックスで、酷使した身体の奥は熱を持って少し痛いし。

「でもあのほら、俺、大学……っ、あン！」

ぐずぐずとささやかな抵抗の言葉を口にするが、語尾に来て引っ繰り返った自分の声に、律は見事に裏切られる。

「あ、や……っ、や、……りょ、さ……！」

誰がどう聞いてもその甘ったるい響きは、拒んでいるようには思われはしないだろう。

ふるふると震えながら中垣の肩に額を張りつけ、泣きそうな声で抗議してしまったのは、潤みきったその場所を急にこじ開けた、硬い感触のせいだった。

「ひど……、いきなり、入れた……」

「指だけだって、……な？」

それでも、彼の指を飲み込んだそこがまだ濡れていることに、思い出すことを努めて拒否していた記憶を引き摺り出される。

眠りによって収まったはずの熱を、強引な中垣はあっという間に呼び戻した。それどころか、先ほどよりも心得た指の動かし方で、的確に律の感覚をさらってしまう。

「んぁ、あっん、やんっやんっ」

「大丈夫、痛くしてないだろう……？」

しゃあしゃあと言う中垣を、律は潤んだ瞳で恨みがましく睨みつける。

「……ん、……んンん……っ！　たく、ない、けどぉ……っ」

いやとかイイとか、好きとかだめとか、どちらだか判らない声を上げさせられていたせいで、こんなに喉が痛いのに。

もうくたくたで、こんなことしてしまったら本当に動けなくなってしまうと思うのに、中を擦っていく指を今取り上げられたら、多分律は泣いてしまう。

「……どうする？」

「ばかっ……」

意地悪で甘い声も、整った顔も、鼻先を擦りつけてくる甘えた仕草もなにもかも、ずるいと思う。きゅうっと絞るように胸が痛くて、つられた脚の間も同じくらい甘く痛む。

そして今、律の一番深い場所で、くちくちといやらしい音を立てている、あの傷だらけの指先。こんなことをされていると、やっぱり本当は不器用だなんて嘘だろう、としか思えない。

「遼さ……ん、も……」

汗の吹き出した額を中垣の鎖骨に擦りつけ、彼の背中を艶《なま》めかしい手つきで撫でながら、ねだるように甘えた声を出してしまう自分に呆れつつ。

「いれ、て……っ」

快楽にも中垣にも弱い自分を知る律は、もう止まらない身体に任せ、一切の思考を放棄した。

＊　＊　＊

結局中垣の腕から解放される頃には、しっかり日は高く昇り、眩《まぶ》しいような朝日に瞼を赤く染められながら、律は眠りについた。

煽ったのは確かに律だ。遠慮なしとは言ったものの、しかし思い出すだけで赤面ものの激しさだった。

おまけに風呂に入れてくれたのはいいが、洗うついでにまた悪戯されて、「もう死んじゃう」とピロートークではなく本気で訴えるありさまだった。

中垣のことをタフな男だとは思っていたが、はじめてのセックスだというのにああまで立証してくれなくてもいいと思う。

ぶつぶつと言った律に、中垣は白々とした口調でこれから暫《しばら》く忙しいからと前置きして「ほったらかしたと思われて、浮気されたらたまらんからな」と、しゃあしゃあと言ってのけた。

「ひ……ひど……」

あんまりな言い草にざっくりと傷ついた律が涙目になると、思い切り甘ったるく抱き締められてあやされる。

（なんだかなあ……）

思うに中垣はいじめっ子体質で、しかもいじめて泣かせた後、べったりと可愛がるのが好きなんではないかと気づき、律はため息をついた。

ややこしいのにはまったね、と呟いた直海の言葉が実はこのことを指していたんではないかなあと、いかなお気楽な律も複雑な気分になる。

それでもまあ、泣かされた十倍は甘く接してくれるので、なんのかんのとこの先も誤魔化されるであろう自分が呑気な性格でよかったなあと、しみじみと律は思った。

結局大学はさぼり、日が暮れてから韋駄天に向かう道程で、何度も律はしゃがんでしまいそうになった。いまだになにか挟まっているような感は抜けないし股関節《こかんせつ》はがくがくするし、地面がやわらかいような感触に恨みがましい視線を向けながら、そのたび「ごめん」と機嫌を取られて頑張って歩いた。

なんとか人前では、ちょっと具合が悪い程度に取り繕っていたつもりだけれど。

よれよれの律の状態を、案の定店に来ていた直海には一発で見透かされたようだった。

「律……まさか……」

「あ、あはは？」

いたたまれなさに赤くなる律の目元が腫れていることまで指摘され、線の細い友人は演劇で鍛えた腹筋から来る恐ろしくドスのきいた低音で、いいけどさ、と中垣に言った。

「……こいつ泣かせたら、俺あんたになんかするからね」

なにをするかはその時にならないと判らないから。

笑いながらも瞳だけは真剣な色を浮かべ、平坦な口調で言い切る直海に律は青くなり、中垣もさすがに顎を引いた。そして、なんとなく腰が引けている律に痛ましげな目を向けた後、一八〇度色合を変えた目つきで中垣に言い放つ。

「ベッドのことまで口出したくないけどね。律はあんまり体力あるコじゃないんだからっ。あんたみたいな筋肉ばかに付き合わせんなよな！」

「な……直海」

別に中垣は筋肉ばかというほどマッチョではないんではと、とぼけた口を挟もうとした律だったが、なんだか機嫌は熱帯性低気圧といった親友の形相に、かける言葉は宙に浮く。

「……お、なんだ、遼太郎。来たか」

そして、きれいな親友の不機嫌の元凶と、はじめて律は顔を合わせた。そしてその顔を見るなり、うわ、と眉を顰めてしまう。

飄々とした声で奥にある自宅から顔を出した店長こと、宮本元《はじめ》の頬骨には、あきらかに殴られたとわかる強烈な痣《あざ》がついていた。

「うぃす。ひさしぶりっす」

驚きもしない中垣に目線で問いかけると、そのまま視線だけで直海を示され、心なしか青い顔色が覚めやらぬ怒りと心労のせいだと気づき、律は「あちゃあ」と小さく呟いた。

「ああ、そっちが遼太郎の引き継ぎだって？」

唇を嚙む直海が気になって仕方ない律はおろおろと横顔を見守っていたが、やんわりした声にはっと向き直る。

「あ、ども。水江です、よろしくお願いします」

「おう。よろしくな」

にかっと笑った宮本のこ汚い髭面《ひげづら》は、適当に切って伸ばしっぱなしにしたような髪型とあいまって、一見年齢不詳だ。彼は中垣とどっこいな長身で、少し三白眼できつい印象の作りの顔立ちだが、笑った顔は驚くほどやさしい印象がある。

「ま、そんなかしこまることたねえし、遼がいろいろやってただろうからな。だいたいのこた、わかってんだろ？」

「あ、はい。大丈夫……だと、思います」

よくよく見れば結構なやさ男なのだが、日に焼けた肌と豪快な雰囲気のせいで、ぱっと見には「むさいオッサン」としか映らないだろう。

（直海も結構いいとこ目えつけてんなあ）

しみじみと思いながら、面食いな律はその気があろうとなかろうと、ついつい必要以上に愛想がよくなってしまう。そして、背後の中垣が面白くなさそうに睨《ね》めつけているのに気づき、やばい、と顔をひきつらせた。

「……っうわ!?」

びしゃん！　と店の引き戸が閉められた音に律は思わず首を竦め、直海が細い脚に似つかわしくないような荒っぽい足取りで出ていったことを知った。

そうして、びくびくと肩を竦めた律以外のふたりが、まるっきり気にしていない様子でいるのにも驚かされる。

「……あの、あの……」

いいんですか、とおろおろしながら、視線を入り口と宮本の両方にめぐらす律に、宮本の乾いたような笑みが向けられた。

「……宮本さん、今行った方が後が楽なんじゃん？」

中垣が吐息しつつそう呟いたのは、どちらかというと律の不安げな瞳を気遣ってのことだろう。

「あーなー……今回はちっと、やばいか」

そうだなあ、と宮本は読めない表情で笑った。言葉の割には焦りもなく、困ってもいないその表情は、余裕とはまた違うものを含んで、やけに律を不安にさせた。

「しゃあねえ。ちょっくら行ってくるかね。遼、すまん」

「はいはい」

突っ掛けサンダルのまま、呑気にからころと歩きだした宮本が店から消えて、律は大きくため息をついた。

「……直海、大変そうだなあ……」

やさしげではあるし、好人物とは感じられるけれども、どうにも互いの持っている熱量がちぐはぐなのは、はじめてふたり揃《そろ》っているのを目にした律にも一目瞭然《いちもくりょうぜん》だ。また律の経験上、ああいう飄々としたタイプは追いかけるのも無駄な気がする。

律の呟きに、中垣もまた深々と吐息した。

「ありゃあ、相手が悪すぎるだろう。湯田も不毛だな。しかし機嫌取りにいっただけ、宮本さんにしちゃ随分な譲歩だ」

「……譲歩とか、そういう問題かなぁ？」

「あのふたりのことは複雑すぎて俺にもわかんねえよ」

素っ気ない言い草に少し眉を顰めると、じろりと見下ろされる。不機嫌そうな視線に驚きつつ目を丸くすれば、そんなことより、と中垣は律の鼻をぎゅっと摘んだ。

「ふえ？」

「あんまり俺のいないところで愛想ふりまくなよ」

何ごとだ、と目を白黒させた律に、宮本さんはまあ、あんなひとだからいいけど、とぶつぶつ零した中垣は、ざらりとした指を律の小ぶりな鼻から離し、心配だ、と首を振った。

「他には絶対だめだからな。……いいな？」

「……ひゃい」

ひりひりする鼻を押さえたまま、わかりましたと殊勝に頷けば、一晩かかって馴染んでしまった抱擁が律を取り巻いた。


ゲットしたのはいいがやったらしつこく独占欲の強い恋人と、なんだかしょっちゅう修羅場ってそうな店長と友人のフクザツな関係と。

今までどおりのほほんとはいかなくなってしまった自分のこれからの日常を思って、中垣の腕の中で律は我知らずため息をつく。

（……いんだけどねえ）

きゅっと抱き締めてくれるこの腕があれば、まあ煩雑な日常も悪くないかとも思いつつ。

手に入れた幸福を維持するための大変さに、律の笑顔は、なんだか複雑なものを含んでしまったのだ。

# 週末には食事をしよう

つい春ごろには、街角でテレビでかまびすしく繰り返された「フレッシャーズ」という言葉も聞こえなくなった初夏の、ある夜のことだ。

中垣《なかがき》遼太郎《りょうたろう》は、非常に苛立《いらだ》っていた。

顔立ちは端整ながら、平常心でいてさえひとを怯《ひる》ませるどこか険しい目つきは尖《とが》り、剣呑《けんのん》に顰《ひそ》められた眉間《みけん》からはびりびりとした怒気を発している。

人並みから頭ひとつ半は抜きんでた長身の威圧感は凄《すさ》まじいものがあり、街ゆく小心な人人は、ずかずかと長すぎる脚で歩む彼の姿から、本能的に目を逸《そ》らしていた。

残業を終え退社した後、徒歩十分ほどで辿《たど》り着いたJRの駅、近頃とみに肩身の狭くなった喫煙者は、ホームの端に移動するしかないという事態もまた中垣を苛立たせた。

そうして下りの電車を待つ間、いらいらと忙《せわ》しなくライターの着火を試みるも、ビル風になかなか火がつかない。

『――番線に、下り列車がまいります。黄色い線の内側まで、下がってお待ちください』

「間の悪い……」

燻《くすぶ》る煙草《たばこ》と格闘していれば、ようやく一口吸い込んだところで電車の到着を告げるアナウンスがかかる。ぼそりと低く呟《つぶや》いた瞬間、その地を這《は》うような不機嫌な声に、背後にいた中年男はびくりと肩を竦《すく》めてみせた。

怒らせた広い肩には、本人はまったく無自覚のまま、さまざまな種類の色を乗せた視線が集中し、しかしため息ひとつでそれはそそくさと散らばっていく。

彼自身、自覚はまったくないのだが、中垣のスーツ姿にはどこかしら奇妙な違和感がある。といって、別段不潔感があるわけでも、似合わない衣服を纏《まと》っているわけでもない。遠目にはこれといって崩れた感のない、どこにでもいる新人サラリーマンといった身なりである。硬そうな髪は後ろに軽く撫《な》でつけられ、清潔に整えられているし、スポーツで鍛えた広い背中はぴしりと姿勢がよく、立ち姿は凜《りん》としてきれいだ。

また彼は非常に見目のいい男でもあり、抜きんでた長身も相まって、衆目を引くのはある意味当然だっただろう。

しかし、野性的に整った顔立ちと鋭すぎる目つき、そしてその容姿に非常に似合うダークスーツのおかげで、正直どうにも堅気《かたぎ》に思えない印象がある。長い腕の脇に抱えられた有名企業のロゴ入り封筒がなければ、十人が十人とも「その筋のひと」だと思ったことだろう。

それでまたこの日は、広い背中から「俺の半径三メートル以内には近寄るな」というオーラがびりびりと発信されているのだから、たまったものではない。

たまたま中垣の後ろに並んでしまった、額の寂しくなりはじめた中年のサラリーマンは、関わり合いになりたくなさそうな顔はしたもののいまさら列も乱せず、やがてホームに滑り込んだ電車の中へと、致し方なく吸い込まれていく。

車内での中垣は、帰宅途中らしいＯＬたちがちらちらと秋波を送ってくるのにもまるで無関心な様子で、ぶっすりと両腕を組んでドア付近にたたずんでいる。

押し込まれ、ぎゅう詰めになった電車の中に蒸れこもる匂いさえ、彼の疲弊した神経を逆撫でるようだ。

「……ちっ」

苛立っている自分にまたさらに苛立って、小さく舌打ちすると、横に立っていたサラリーマンが居心地悪そうに視線を逸らし、それ以上は動けないと諦めては顎《あご》を引く。

（くそ……）

そのリアクションに気づいた中垣は、気まずさを感じて目を伏せる。

そして、目の中に入れたら気持ちいいほど可愛がっている年下の恋人の言葉を思い出し、強《こわ》ばった頬を少しでも緩めようと、ゆっくりとため息をつく。

――また、怖い顔してる。

甘い色の瞳で睨《にら》んで咎《とが》めるように言いながら、それでも少しも臆《おく》さずに笑う、小作りな顔立ち。

――地顔、地顔って遼さんは言うけど、顔は表情なんだから、ね？

彼は、それこそ邪気のない、きれいな表情でにっこりと笑う。

（律《りつ》……）

二十歳《はたち》を迎えた男とは思えないほど、甘く滑らかな頬《ほお》をした水江《みずえ》律とは、この年が明けた頃に知り合ったばかりだ。

中垣がどれほど努力したところで、あんなふうに、見るものの心がなごむような温かいやさしさでは笑えないと思う。

忙しさに音《ね》を上げそうな日には、あの笑顔で随分と気持ちがやわらいだものだ。

そして、彼のやわらかな気持ちと身体《からだ》を知ってから、まだ二ヵ月と少しばかり。

いまだ蜜月《みつげつ》は続行中で、それなのになかなかのんびりと逢《あ》う時間さえ取れないことが、中垣の苛立ちに拍車をかけているかもしれない。

(……行こうかな)

次の駅で乗り換えれば、彼のバイト先である「韋駄天《いだてん》」へ行ける。随分な時間だが、食事をして終電で帰る時間くらいはあるだろうか。

律の顔を見よう。そう決めただけで随分と気が軽くなっている自分に気づいた中垣は、わずかばかりの呆《あき》れとともに、気難しく歪《ゆが》んでいた口角をそっと上げた。

＊　＊　＊

ネクタイを緩める動作もすっかり板についた中垣がふらりと韋駄天ののれんをくぐったのは、もう夜の十一時を回ろうかという頃合いだった。

「よう、遼太郎」

「こんばんは。なんか食わして」

カウンター席に座る常連のひとりと話していた店長の宮本《みやもと》が、にやりとくわえ煙草で挨拶《あいさつ》するのに答えながら、空いている席に腰掛ける。

「あ、中垣さん。こんばんは」

「オス」

一息つくとまず声をかけてきたのは、カウンターの一番端に腰掛けた、律の大学の同期である湯田直海《ゆだなおみ》だった。もうすぐ夏も近づくというのに黒の長袖《ながそで》シャツにブラックジーンズという出《い》で立ちでも、涼やかな額には汗ひとつない彼は演劇青年で、ラジオゾンデという劇団に所属している。

「こんばんは」

声につられるように振り向き会釈《えしゃく》してきた、直海の隣にいる女性には中垣も面識があった。今年に入ってからよく、直海に連れられて顔を見せるようになった、劇団仲間の比良方弥子《ひらかたやこ》は、律の大学の四年生だ。

「久しぶり、比良方さん」

「ごぶさた」

脚の高い椅子に腰掛けた彼女に声をかけると、ハスキーな声が笑みを滲《にじ》ませる。怜悧《れいり》で理知的なその瞳が、親しいものだけに向けられる、ごくわずかな温かさを覗《のぞ》かせた。

見知った顔に会釈して、しかし中垣はその美貌《びぼう》を前に眉《まゆ》を寄せた。

「どうも、って……髪？」

「切ったの、昨日ね」

先日まではレイヤーの入っていた比良方の長い髪は、直海と似た雰囲気のシャギーの入ったショートヘアになっている。おまけに服装も直海とまるで同じ黒ずくめ、とくれば。

「まるでペアルックだな」

「あはは、今日は劇研でリハだったのよ」

そのあまりの相似に、おそらく芝居の絡みかなにかなのだと中垣は見当をつけていたが、当たりだったようだ。

「しかし、そうすっとよく似てるな……ふたりとも」

「うげ、やめてくれよ」

しみじみと感想を述べれば、直海は心底嫌そうに呻《うめ》き、比良方は軽く笑うだけだ。

男性にしては柔和な直海の面差しと、女性にしてはきつくシャープな中性的に整った容姿の比良方。このふたりはよく似ているようでもあり、まったく正反対のようでもある。いずれ劣らぬ美形で、どちらの性格もまた、見た目に反してきつい。

芝居に対しての真剣さからくるエスカレートした会話で、取っ組み合い寸前になることもしばしばの、凄まじい言葉の応酬をかますこの美形コンビは、男女という枠を越えたよい友達同士であるようだった。

付き合ってるの、と店にいた誰かに聞かれた折りの比良方の答えがまた傑作で。

——あたしとナオがあ⁉　そりゃ、レズビアンだかゲイだかわかりゃしないわねぇ！

それとも、ナルシシズムの極致かしらと、豪快に笑い飛ばしたのだ。

——鏡見てうっとりする性癖はないわよ。

——俺だってねえよ！

言われてみればもっともで、ふて腐れる直海をよそに、小耳に挟んでいた律も中垣も苦笑したものだった。さばさばと衒《てら》いのないこの酒豪の女性には、律もよく懐《なつ》き、中垣も好感を抱《いだ》いている。

「ねねね、ところで中垣さん、これこれ」

ロングピースのくわえ煙草でにんまりと笑った比良方の笑みに、今日は随分と機嫌がいいようだ、と感じれば、その足下にはなんだかごつい荷物がある。

「あれ、また買ったの⁉」

「ニューマシンよっ」

まるで子供がおもちゃを自慢するかのように、見て見て、と邪気なく比良方が指したのは、どうやら先日出たばかりのアップル社のノート型パソコンらしかった。

そもそも比良方は自分の劇団のトップ女優であると同時に裏方も手がけている。フライヤーやホームページ作成に携わっていたことからパソコンにはまり、入れ込めばとことんの性質そのままに今ではすっかりマシンオタクだ。

ウィンドウズとマックの両刀遣いで、新機種が出るたびに秋葉原に飛んでいき、その美貌と裏腹のマニアックさで店員の目を剝《む》かせているらしい。

「って、ジャンク屋で組むんじゃなかったの？」

「それはそれー。今回のはデザインがいいのよう」

どころか、最近ではプリインストールでは物足りないと自作マシンにまで手を出し、オタクの渦巻くジャンク屋に堂々乗り込んでいるようだ。

この間もうきうきと、マザーボードからビデオカードまでごっそり購入し、マイマシンを構築するのだとうっとりしていた。比良方のあの恍惚《こうこつ》とした表情は、元が元だけにうつくしくさえあったが、正直中垣にはあまり理解できる感情ではない。

「もう、中垣さん交替してよ。こいつさっきっから延々、マシン語りで酒がまずいったら」

「いいじゃないの、まあ聞けって！」

「まあ聞けってな……」

男らしく言い切って直海の首根っこを摑《つか》んだ比良方に、中垣は「手加減してやれ」と笑った。

この韋駄天で滔々《とうとう》と語られる彼女の愛機の話は、聞き役は興味のある中垣ひとりに絞られている。機械音痴の直海はうんざりとばかりに聞き流すだけだし、律は目を丸くするばかりなものだから、最終的に中垣しか残らなかったわけなのだ。

実際中垣にしても仕事でパソコンを使うことはあるものの、それはあくまで社内OS、それも新人の今は端末をいじって処理を覚えている段階に過ぎない。

もともとがアウトドア志向な性格なので、部屋の中でじっとり機械を眺めているのは苦手な口なのだ。大学の講義に情報処理もあったし、一通りはパソコンの仕組みの理解はできるものの、それはあくまで試験を終えれば忘れる程度の知識でしかなかった。

しかし、現在携《たずさ》わる開発部の仕事において、パソコンは切っても切れないものがある。ぺーぺーの現在は研修に毛が生えた程度の仕事内容だが、その内にはCADシステムも覚えなければならないし、もっと複雑な処理もこなさなければならないのだ。

社内専用ソフトのマニュアルを覚えるだけでも手いっぱいで、多少の苦手意識はあるものの、覚えておいて損はないと感じるから、興味深く拝聴してはいる。

「比良方さんの説明はハードル高いんだって」

だが、聞き手ができたと喜んだ比良方に「CPUの処理能力を測るMIPS、これは演算速度を表す単位であり、一秒間に何百万回の命令を実行できるのかを示すのだ」と説明された時には、なんだか遠い目になってしまったこともある。

なんとなれば、中垣は自分のマシンも持っていないのだ。購入さえためらっている初心者にはもう少しお手柔らかに、と苦笑すれば、「大したこと言ってないのに」と不思議そうに比良方は首を傾《かし》げる。

どうしてこう、美人で頭のいい女というのは性格にくせがあるものしかいないのか、と中垣が内心しみじみしていれば、周囲も同意するかのようにやれやれと首を振った。

「いらっしゃ、……あっ」

そんなこんな、知り合いの多い店でひとくさり挨拶を交わしていると、ようやく厨房《ちゅうぼう》の奥から長い髪を後ろで括《くく》った律が顔を覗かせた。

「遼さん！」

「よ、こんばんは」

中垣が手を挙げてみせれば、律はその甘い笑顔を営業用のものから、中垣専用のものへと自然に移行させる。

にやにやと、くわえ煙草の比良方がその切れ長の瞳で流し見たのに気づいて、わずかに律は顔を赤らめ、中垣は気づかぬふりで水を飲む。

変に聡《さと》いところのある女は、中垣と律の間柄になにか思うところがあるようだったが、たまにこうしてからかうような読めない笑みを見せるばかりで、特にコメントはないので、放っておくことにしている。

「はい、どうぞ」

「ああ、ありがとう」

なにも言わない内からガラスの徳利《とっくり》に入った冷酒がテーブルに置かれ、湯気の立ったお絞りを律が手渡してくれる。これはなにも遼太郎が特別ということではなく、この店のいいところは、客のひとりひとりの好みを覚えていてくれるところだ。

「めずらしいね、週末でもないのに」

律の言葉に嬉しげな響きを感じ取り、たまにはね、と笑うと細い指が酌《しゃく》をしてくる。

「まあ……久々にな」

思い出深く、酒も料理の味も、店の雰囲気も中垣の好みに合っている韋駄天へは、しかし会社に勤めだしてからはなかなか顔を出せないでいた。

会社と、ひとり暮らしのアパートとの移動路線とは少し外れるせいで、残業が立て込むと立ち寄るにも無理があるせいだ。

そのため、韋駄天の常勤である律に、逢う時間そのものが限られてしまっている。

週末はほとんど一緒に過ごしてはいるものの、バイト時代のほぼ毎日顔を合わせていた頃に比べれば、格段に時間が少ない。

恋人から目を離していることが落ち着かないという気持ちを、中垣は律に出会って初めて知った。

揚ゲ焼
しゃが
り

＊　＊　＊

律との出会いは、中垣がかつてアルバイトとして勤めていた小さな飲み屋の、小さな異変からはじまった。

韋駄天の店長である宮本元《みやもとはじめ》は、いたってアバウトな性格で、やる気があるのかないのかさっぱりわからない経営方針のもと、なんとなく店を続けている。

宮本は奇妙な引力のある男で、常連の多くは彼の人柄に惹《ひ》かれて集まってくる。

不精髭《ぶしょうひげ》の店長は本当に面倒臭がりで、ひとの多い時には勘定すらも「レジ開けて、適当に釣りを持っていけ」という。それでも店をはじめてこのかた勘定の収支があわなかったことがないというのだから、都会では今時めずらしい話だ。

年齢不詳で呑《の》んべえの店長がいる韋駄天は、そんなふうに、常連たちの「仕方ねえな」という愛情溢《あふ》れる苦笑によって支えられ、小さな店構えに灯《あか》りをともし続けていた。

中垣も実際その常連のひとりで、あまりにアバウトな宮本に呆れつつ手伝う内に、なんとなく常勤のバイトに入ってしまった口だった。

見た目の大柄さとは裏腹に、細かいところのある中垣のおかげで、「雨が降ったから休み」だの、「酒飲んで頭いてえから休業」だのというぃい加減な店も、どうにか潰《つぶ》れず持ちこたえていたのだが――。
さすがにもう、「仕方ねえな」と笑っている場合ではない事態を、宮本は引き起こしてくれたのである。

それは昨年の、暮れも押し迫った時期のことだった。

いつものように店を開け、いつになっても現れない宮本を、どうせまた酔っ払って寝こけているのだろうと、あの日店の二階にある自宅に覗きにもいかなかったのは迂闊《うかつ》だったと、中垣は今でも思い出しては臍《ほぞ》を噛《か》む。

ひとりきりの店内で、覚えたばかりの料理をこなしながら受けた電話は、成田の国際線ロビーの公衆電話からだった。

「――宮本さん？　なにやってんすか!?」

ノイズとひとのさざめく向こうから、いつもと変わらない宮本ののほほんとした声が聞こえてきた。

『おう、遼か！　……うお、なんだもう時間ねえな！』

「じ……時間ないってちょっと」

フライパンを片手にしたまま、嫌な予感を覚えた中垣がなにかを言うより先に、からからと笑ってまくし立てられる。

『わりぃわりぃ、ちょっと出かけっからよ、その間、店、頼むわ。適当に、よろしく』

送話器から、宮本の低い声に被《かぶ》さり、搭乗を促すアナウンスが聞こえてくる。予感が的中したことを知り、中垣は受話器に向けて怒鳴った。

「出掛けるって——どこに!?」

またぞろ起こしたよろしくない気紛《きまぐ》れで、彼がどこか海外への高飛びを図ろうとしていることを知った中垣は、一瞬青ざめる。

『あー？　なんだっけなバルチスタ——』

その問いかけには答えてはもらえず、テレフォンカードの排出される音と、宮本の焦ったような声が聞こえたかと思いきや。

「も、もしもし、もしもし!?」

電話は、切れてしまった。

通信の途絶えた音を虚《むな》しい気持ちで聞きながら、中垣は、まいったなあ、と思った。

驚きは、あまりなかった。なにせ宮本であるから。

道理でこのところ急に中垣に料理を仕込み、厨房に立たせることが多かったわけだと、奇妙に納得さえ覚えてしまった。

しかし、「適当によろしく」の一言で、店の切り盛りを任されてしまったことまでは、そうそう簡単に納得できはしない。

「よろしくってあんた……っ」

俺はもうすぐ大学も卒業で、就職も決まってて、この春休みには引っ越しの準備なんかもあってさ、と零《こぼ》した中垣は、がっくりとその広い肩を落としてしまう。

電話で交わされた言葉から、薄々状況を知った常連は、皆一様に「ご愁傷さま」という表情を浮かべ、中垣の眉間がじりじりと険しくなるのを見守っていた。

その中で、直海だけが、蒼白《そうはく》な顔色のまま唇を嚙《か》みしめ、俯《うつむ》いているのに気づき、中垣は少し声のトーンを落とす。

「……湯田」

憤りに震える肩を堪《こら》えた直海のかすれ気味の声は、わずかに震えていた。

「まさかとは思うけど……？」

「あー……成田だ、って……俺を睨むなよ……」

その反応も予想されていて、面倒な、と中垣は唇を歪める。他人には窺《うかが》い知れないことだが、直海と宮本との間に浅からぬ関係があるらしいことは、この店に集うものなら誰でも知っている。

（俺はこっちのフォローまでできねえぞ……）

普段の外面《そとづら》をかなぐり捨て、凄まじい形相で目を瞠《みは》った直海を見つめ、中垣は吐息した。

「……どこに行ったって？」

問いかけには答えられず、中垣は無言で首を振る。

おまけに宮本は、いつ帰ってくるとも言わなかった。まあこちらの状況は知っているから、まさか春まで帰ってこないなんてことは、と考えて、中垣はうっそりとため息をつく。

（あるかもしれない……）

なにせ、宮本のことだから。

「……あの、ばか……っ！」

線の細い顔を歪め、小さく毒突いた直海に心中では頷《うなず》きつつも、宮本の申し出を断り損ねた自分の、これからの多忙さを思って、中垣は天を仰いだ。

（どうしろってか……）

自分はこんなにお人好しではないはずだが、と零れるため息に、店内からの同情の視線がしみる。

「……ご愁傷様」

ぼそりとカウンターで告げたのは、常連のひとりである遊佐《ゆさ》だ。その素っ気ない声に対し中垣はもはや、曖昧《あいまい》な笑みしか浮かべられない。

「あー……ねえ……」

やるしかないだろう。仕方ないじゃないか、この店は好きだし、まだ今月のバイト代は徴収してない。潰れてくれてしまっては困るのだ。

どうせやらなければならないことなら、気合いを入れて片づけた方が精神的にもいいし、効率も上がる。

もう半ば無理矢理自分を納得させて、恐ろしい大荷物を負わせるにはあまりに軽い一言で旅立っていった宮本への呪咀《じゅそ》は、胸の裡《うち》でたっぷりと吐かせてもらって、中垣は作りかけのレバニラ炒《いた》めを、もう一度火にかけたのだった。

その間中も、直海はじっと爪《つめ》を噛んで、目の縁を赤くしているばかりだ。

（なんだかなあ……）

吐息して、見ないふりのままに中垣は中華鍋を振るった。

宮本と直海の仲が実際どういうものなのかは中垣にはよくわからない。

ただ二年ほど前、直海が地上げ屋にアパートを追い出された折り、彼がしばらくの間だけ宮本のところに居候していたことがあった。当時既に韋駄天でバイトしていた中垣は、その間のふたりが何やら、奇妙に張りつめていたことだけは知っている。

だから、なんかまあ、「そういうこと」かなと。

思わないでもない節は山ほどあるのだが、今いち宮本の態度がはっきりしないせいで、なんとも言い切れず——ともあれ、宮本と直海の関係はあやふやで、第三者にわかりにくい。

ぶっちゃけ、できているのかいないのか、さっぱりわからないのだ。

直海という人間は、見た目の線の細さに誤魔化《ごまか》されそうになるものの、案外強情で、一言で言って人間不信の気《け》がある。

それが演劇という特殊な世界に身を置くせいか、はたまた本人の資質の問題なのか中垣にはわからないが、とにかく、きつい性格だ。

役者だけあって外面は完璧だし、一見当たりはやわらかいので、付き合いの薄い周囲の人間にはあまり気づかれることはないようだったが、眦《まなじり》の切れ上がった涼やかな瞳は、よく見れば彼のそういう紙一重の激しさを映し出している。

彼は移ろう他人の心を信じない。自分のちからしか依《よ》るものはない。

直海ほど強烈なものはないが、中垣も実のところ似た部分があって、ある種の軽い同族嫌悪と、奇妙な慕わしさが同居する感情を覚えていた。

だからそんな直海が宮本の一言や態度に振り回されているのは、はじめの内は意外で、ひどく驚いたものだ。

宮本と直海が男同士であることに関しても取り立てて偏見もなく、却《かえ》ってそういう甘ったるい部分とは無縁そうなふたりの取り合わせが面白いと感じるほどだった。

ただ、自分のペースをめためたにされる直海を見ていると、滑稽《こっけい》でもあり、また哀れな気もしたけれど、所詮《しょせん》は他人事《ひとごと》である。

（まあ、どうでもいいんだけど）

別に中垣にはデバガメ趣味はないし、ひとの事情で特に恋愛がらみには、口を出す気も毛頭ない。

その辺がさっぱりしすぎていると、女たちには不評で、そのくせ誘いが引きも切らない中垣は、「湯田も大変だなあ」なんて、呑気《のんき》に考えていた。

惚《ほ》れた相手にやきもきさせられる経験など、幸か不幸か中垣は二十二のその歳《とし》まで、味わったことがなかったのだ。

それからしばらくして、大学そっちのけで韋駄天を切り回す中垣のもとに、直海からの連絡が入った。

曰《いわ》く、自分も手伝いたいが、これからしばらくはどうも手が空きそうにない。友人でいい子がいるから、それを紹介するというのだ。

「っておまえ……忙しいんだろ？」

『だから友達に頼むっつってんじゃん』

直海の言葉に「無理はするな」とだけ中垣は答えておいたが、しかしはっきりいってあまり期待は持っていなかった。

直海は小劇場系――それがどういう括りなのか、中垣はまるでわからないのだが――の劇団に所属する役者で、偏差値の高さでも全国的に有名な私立大学の学生だ。

その大学では昔から演劇サークルが盛んで、直海の劇団も元は大学の劇研から出世したものであるらしく、大学で学ぶというより芝居のために入学した彼は、その目的がばれた途端に親から半ば勘当されたような状態でいる。

そんな直海は、春から行われる新人のオーディションとやらに賭《か》けているのだと宮本から聞いたことがあった。忙《せわ》しない芝居の稽古《けいこ》と生活費のためのアルバイトをこなし、奨学生なので勉強にも手を抜けないでいる。

「まあ、もしつてがあるようだったら頼むけどな」

尋常でない多忙さである彼が、店を手伝いたいという言葉は本心だろうけれど、状況的に無理がありすぎる。それに加えて、店長は長期旅行、というより失踪《しっそう》に近い状態で、バイト料どころか店の存続も怪しいというこの話を、受ける人間を見つけられるとも思えなかった。

中垣自身、なんでこんな面倒なことをと内心うんざりしている状態だった。だから、直海から「友人にOKをもらった」との電話が入った時、冗談だろうというのが正直なところだ。

「まじでか？」

むしろ、この胡散《うさん》臭い話をよく引き受けるやつがいたなと、当事者ながら妙な感慨を覚えたくらいだ。

『こんなことで嘘ついてどうすんだよ……ともかく、明日紹介するからね』

だから思わず胡乱《うろん》な声を発すれば、直海はきりきりとした声で勝手にことを進めてしまう。そうしてまた一方的に電話を切られ、厄介《やっかい》だ、と中垣は吐息した。

「手伝いったって……それも面倒だな……」

人手は喉《のど》から手が出るほどほしかったが、中垣はそういう見通しが甘いタイプでは決してない。また、実質上自分が「ひとを使う」ことのできる人間ではないことは知り尽くしていた。

中垣自身は頭脳労働も肉体労働も苦にならないタチで、むしろ働くのは好きな人種だ。頭を使わずにいるのは耐え難く、ぼんやりと怠惰《たいだ》に過ごすことは、却って彼にとっては苦痛である。

そういう自分の考え方は時代にあまり合っていないことは知っていたし、同年代のなかでは、そつのなさが嫌みであるとけむたがられることも多かった。

「使えるのか？」

直海と同じ大学に通うくらいだから、そうそうばかではなかろう。しかし「大丈夫だから」と推薦してくれた直海のことを疑うわけではないが、顔も見たことのない彼の友人が、一体何日の間保ってくれるかという危惧《きぐ》の方が、心情のウエイトとしては大きかった。

けれど、そんな斜に構えた気分でいた中垣の前に現れた律は、ぐだぐだした危機感を一発で吹き飛ばしてしまった。

こんにちは、という明るい声に含まれる多少軽薄な印象は、その声音の甘さにかき消される。

「あ、水江、律……です」

やわらかそうな光沢のある長い茶色の髪と、ふわっとした笑顔は、男にしてはいささか頼りないほどに攻撃性というものが欠如していた。

ふわふわと、労なく生きてきた人間の持つ、特有の透明感は、ともすれば嫌みさが鼻につく。一見して苦労知らずのよくいる大学生、と判断のつく律の姿に、本来の中垣であれば、冷めた一瞥《いちべつ》を投げ掛けただろう。

だが、その時の中垣の脳裏には、ある意味異分子である律への距離感や、あまりよろしくない区別意識はひとつとして浮かばない。

（か……）

まるで吸い込まれてしまいそうな、澄み切ったアーモンド形の瞳ばかりが網膜に焼きつくのを知って、愕然《がくぜん》と目を瞠ることしかできない。

時間にすれば多分数秒、しかし中垣には永遠にも思えるようなその瞬間に、冗談のように恋は降ってくる。

（……可愛い……）

胸中で呟いて、どこか頼りなく甘ったるいくらいの律の姿形に、ただただ見惚《みと》れていた。

一目惚れというものを中垣はてんから信じていなかったし、ばかにさえしていたのに。

それこそ一目で、速攻で、惚れてしまったのである。

現実主義でワーカホリック、卑怯《ひきょう》ではない程度に利己的で、クレバーな男。

そんなふうに評されてきた中垣の二十二年間は、この日を境に死んでしまった。

後はただ、惚れた相手にとことん甘いだけの、恋するばかが一匹、出来上がっただけであった。

＊　＊　＊

人懐こい笑顔の律は、男は律が初めてという中垣とは違い、もともとどっちもＯＫな性的指向を持っていたらしい。

彼はなにごとにつけ、あまり深く考えることのないタチで、大学に入ってからの二年間で関係した人間は二桁《ふたけた》を――その桁の頭の数字は、さすがに気分が悪くて訊《き》く気にはなれなかったが――超えているらしかった。

そんな律が、身体込みの友人たちと、その方面のお付き合いはすっぱり断って、いじらしいような瞳でじっと中垣だけを見つめていることは知っているし、信じてもいる。

だがどうにも彼は愛想がよく、中垣にすればこれもまたストレスのひとつの要因である。

「律っちゃん、お銚子一本追加ね」

「はあーい」

オーダーの声に愛想よく笑った律に、これは中垣の欲目ばかりでなく、見惚れている連中は多いのだ。

もともとの性格と、顔の作りのせいだから仕方がないのだが、どこか隙のある、あの甘ったるい笑顔なんぞを振りまくもので、勘違いをする輩《やから》は跡を絶たない。

あまり愛想を振りまくな、と釘は刺してあるものの、「客商売だよ？」と困った顔をされてしまえばそれ以上には強く言えない。

――遼さんが考え過ぎなんだってば。

ふわんと咲く、花弁の薄い花みたいな表情で苦笑する律は、自身のバイセクシャルな性的指向は棚に上げて、まるっきり危機感というものがない。

――どっちにしろ、俺がその気がないんだからさ。

だから大丈夫、と膝《ひざ》の上に乗っかられてしまえば、うかうかと丸め込まれる自分も大概、骨抜きではあると中垣は知っている。

信じてないのと潤んだ瞳で言われれば、あまりに自分が狭量な気がしてしまうのも実際ではあるのだが。

「ねね、今度さあ、遊びに行かない？」

「あははー、そんなこと言って真鍋《まなべ》さん、暇なんかないじゃないですか」

しかし、こうして今も、赤ら顔でコナをかけてくる常連客に対し、するりと曖昧に逃げるだけだ。

気を持たせるのも罪だと窘《たしな》めれば、飲み屋の常連なんか、言葉遊びが好きでしょうと切り返され、ああどうせ心が狭い男ですよと中垣は眉《まゆ》を顰《ひそ》めてしまう。

「はー……」

顔を見たら気が晴れるかも、なんて思っていた自分が、殊《こと》の外《ほか》重症であったことに気づいて、中垣は杯《さかずき》を干した唇でため息をつく。

「はい、おまちどお」

そのささやかな苦さには気づかないまま、無邪気な律がまず運んできたのは、小鉢に盛られた蕗《ふき》と鶏挽肉《とりひきにく》のそぼろ煮だった。それから茄子《なす》のしぎ焼きと、子芋《こいも》の飴煮《あめに》。

「どうも。……ちょっと、律」

とんとんと目の前に置かれるものに箸《はし》をつけ、酒を飲みながら、席を立った客を送り出した律を、おいでと中垣は手招いた。

「なに？」

スリムジーンズとTシャツに肩掛けエプロンという出《い》で立《た》ちの律は、どうということのない服装なだけに、もともとの腰の細さを際立たせている。

顔を近づけてきた律に、冷やの越乃寒梅《こしのかんばい》を舐《な》めた中垣はぼそりと言った。

「……律、明日大学は？」

「う？ ……うーんと、一限は休講だから、昼ごろ行くよ。あ、なんか用事？ もう住所変更、出したよね」

このところばたついた生活のせいで、引っ越し後の役所への届けなどを時間のある律に頼むことが多かったせいか、なんの気もなく、といった素直な答えが返ってくる。

「手続き関係は全部終わったよ。……じゃなくて」

「りっちゃーん、遼のわさび茶漬け持ってってー」

「あ、はーい」

言いかけた中垣の言葉をさえぎる宮本の声に、律は振り向いた。

ちょっと待ってね、と席を離れたが、そこは狭い店内だ。ものの数秒で取って返した律の手には、お膳《ぜん》に乗った大振りの茶わんがあった。

「もう終《しま》いだな。りっちゃん、休んでいいよ」

「はあーい……えっとごめん、遼さん、なんだっけ？」

のれんを下げた宮本の声に頷いた律は、中垣の向かいに腰掛けた。中垣の前に茶漬けを置いて促《うなが》してくる。

「なんだっけっていうか……」

出端《でばな》を挫《くじ》かれた中垣は、苦笑しながら湯気の立つそれに箸をつけ、啜《すす》り込みながら言った。

「これから、来いよ」

「え？」

色気もそっけもない中垣の声に、律はその意図を掴みあぐねたようだ。きょとん、と目を瞠って小首を傾げる、そんな仕草も嫌みにならないのはどこか小動物めいたルックスのせいだろう。

「これからって……これから？　遼さんちに？」

「そう」

「なんで？」

なんで、とはまた無邪気なことだ。

胸の裡呟いた中垣はしかし、ざかざかと茶漬けをかき込みながら言ったところで、誘っていると思う方がおかしいか、と内心独りごちる。

「……あ」

無言になった中垣にじっと視線を向けていた律は、しばしの沈黙の後、まさか、といった表情で薄く目元を染めた。こうしたことに、律は決して鈍くはない。

「……あの」

「うん」

おずおずと上目に切り出そうとする彼がなにごとかを言う前に、茶わんを空にした中垣は頷いてみせた。

「だって、遼さん明日会社だよねぇ」

いよいよ赤くなった頬のまま、壁のカレンダーを眺め、本日がまだ週の半ばであることを律は確認する。

「まだ水曜だからな」

そうだよと言いながら、冷めた日本酒を啜ると、迷っている瞳が宙をさまよっている。

「だって……大丈夫なの、仕事」

小さな声で言われ、中垣は苦笑する。

ぽやっとしているようで、案外こういう気遣いのこまやかな律は、ウイークデイに中垣の部屋を訪れたことはいまだかつてなかった。夜の電話でも、ハードワークをこなす恋人の身体を気遣って、早く寝た方がいいよと促すのは律の方だ。

特に、ふたりきりでいれば、絶対に落ち着いて就寝ということはありえない。

あまり大っぴらに言えることではないのだが、一度ことをはじめると、がっつくような歳でもないくせに、そうそうには律を手放してやれないのだ。

もっとも中垣のそれは若さゆえの暴走というよりも、オヤジじみたしつこさに近いかもしれないが——それはともかくとして。

「なんか、今日すごく疲れた顔してるから、ゆっくり寝たら？」

目元を指差され、顔に出るほど疲れている自分が少々情けなくなりつつも、中垣は食い下がった。

「来る？　来ない？」

やめろといわれればなおさら欲しくなるのは、男の性《さが》だろうか。表情と口調はあくまで平静なまま、視線で律を搦《から》め捕る。

「律がイヤなら、いいよ」

「だっ……から、……もー……」

拗《す》ねた顔をした律に、そんなこと言ってないだろ、とテーブルの下で脚を蹴《け》られる。

「って、痛いって、律」

「知らないよっ」

拗ねた顔でそのまま立ち上がった律は、しかしそのまま去らずに身を屈《かが》め、中垣の耳元で小さく告げた。

「……先に、帰ってて。店閉まったら、行くから」

結わいた長い髪が揺れて、嗅《か》ぎ慣れた律の髪の匂いが鼻腔をくすぐり、どこか中垣はほっとしていた。

「……了解」

今夜は、この甘さを抱きしめたまま眠りたい。直接的な衝動よりも、年下の彼にむしろ安らぎを求めている自分を知って、微妙に苦いものを覚えた中垣は、席を立った。

（なんだかな……俺も）

誰かの存在にこれほどの依存を覚えたのは初めてで、自分という人間が根底から覆されていく気がする。それでも、まんざら嫌な気分ばかりでもないのだ。

「宮本さん、ごっそさん」

「おーう」

勘定を払い、店ののれんをくぐると、外までついてきた律が心配げな瞳で見上げてきた。

「……ん？」

安心させるように笑ってみせると、律はなにかを言いたげに淡い色の唇を開閉し、結局はなにも言わないまま、削《そ》げたラインの頬をそっと伸ばした指で撫でてくる。

「……あとでね？」

理由はわからないまでも、中垣の態度がいつもと違うことには気づいているのだろう。労《いたわ》るようなやわらかい声でそれだけ告げる。

「ああ」

頷いた中垣は、今すぐにも抱きしめたい衝動を堪《こら》えたまま、苦笑いで背中を向けた。

見送る律の視線が嬉しくて、気分よく長い脚は歩みを進める。

そうして数時間前、眉間にこめられていた剣呑《けんのん》な気配がすっかり消え去っていることに中垣が気づくのは、駅の灯りが見えはじめる頃になってからだった。

＊　＊　＊

日づけが変わる頃になって辿り着いた自室には、まだ片づけきらない段ボールが残る。

「……いい加減、片づけないとなあ」

殺風景な部屋に思わず呟いて、長い足先でその箱を避《よ》け、中垣は吐息した。

大学在学中からひとり暮らしの中垣は、就職にあたって学生用のアパートから、この独身者用の賃貸マンションへと引っ越した。都心に近く二間あるこのマンションの家賃は、知人の紹介ということでかなり割り引いてもらっているものの、入社一年目の中垣の初任給には痛いものがある。

社員寮のある会社なので、まだ給料の少ない新人の内はその寮に入れば経済的に楽なのはわかっていたが、決まりごとも多く食堂などが共用のため、入寮はやめにした。

第一、こんなふうに恋人と夜を過ごしたい時に、社内の人間の目が光っている寮では望むべくもない。寮則ではむろん異性の連れ込みは厳禁、律の場合は同性であるからそのあたりはクリアにしても、下見したあの壁の薄そうな部屋ではどうにも甘い時間は持てそうにない。

(まあ、仕方ない)

多少の出費より、律との時間の方がよほど大事であるのだから。

浮かれたことを考えつつ、はき慣れたジーンズとシャツに着替えた中垣が一服しようと煙草を探すと、スーツの内ポケットに入れたままだったことを思い出す。

「煙草……と」

探っていると、ふと自分のスーツに長い髪の毛が絡みついていることに気づいた中垣の表情は一変する。

「――くそ」

苦いものを飲み込んだような表情で呟けば、中垣自身が驚くほどに低い声になる。律の顔を見てほぐれたはずの気配は、先ほどよりなお険しく尖った。

問題のそれを汚らわしいと言わんばかりの手つきで摘《つま》み上げた中垣は、早々にゴミ箱へと落とした。それでも気が済まず、いらいらと早足で洗面所に赴き、感触を拭《ぬぐ》い去るように忙しなく手を洗いはじめる。

「……ったく、あのばか女……っ」

毒のある声を出す中垣は、このところの苛立ちの最たる原因に対して呪詛《じゅそ》を吐いてやりたいような気分を抑えきれない。鼻先に纏わりついて離れない、しつこい香水の匂いを思い出せば、いっそ嘔吐《おうと》感さえこみ上げた。

そして、努めて嫌な記憶を忘れようと思うのに、意識すればするほど中垣の脳裏には、佐《さ》藤八重子《とうやえこ》のたるんだ幅のある体つきや、下品な笑い声ばかりが蘇《よみがえ》ってしまう。

「……勘弁しろ……」

鬱屈《うっくつ》したものを多分に含んだため息は、狭い部屋の中に重苦しく落ちていく。

深く吐息して呟いたそれは、押し隠し、耐え続けた時間の疲労を思わせて、かすれていた。

どうにも、嫌な気分だった。

＊　＊　＊

中垣のここまでの疲労の最大要因は、現在勤めている会社の中にある。
学生時代の頂点であった大学生という身分から一転、平社員になったばかりの彼の、春先からこれまでの慌ただしさは筆舌に尽くし難いものがあった。
それでも、一部上場の有名企業である、Ｉ工業に希望どおり就職し、希望どおり開発部に配属されたことは、このところの不況をかんがみてもラッキーであった、
造船・機器開発のメーカーであり、業界最大手のＩ工業本社は神奈川某所にある。全国に

支社を持ち、都内、都下にわたっていくつかの工場を持つほどの大会社で、場合によればひとつの部署の人数だけでも、中小企業の全社員数を上回ることもある。

その中で、中垣の配属された、支社開発部の面子《メンツ》は、その職種の特殊性から、九十パーセントが男性で構成されている。

見渡す限り、男、男、男、という殺伐とした職場だが、人間より機械とコミュニケーションを取る方が好きな専門ばかの多い環境は、中垣の性格には合っていた。

今のところ雑務の多い仕事内容についても、これも勉強だと思えば文句はない。書類の整理も他部署の仕事との絡みを知る上では重要だったし、研修や先輩社員の手伝いにも、学ぶところは多い。

だから、多忙さやその煩雑な仕事内容については、なにひとつ不満はない。むしろ、この先どれだけ自分のスキルを上げられるかは、今の時期にかかっているとさえ考えていて、挑むような気持ちの方が強かった。

しかし。しかしなのだ。

研修期間中、各部署に派遣されている間だけでも知れたが、会社という組織の中では、社員の能力の七十パーセントが人間関係の軋轢《あつれき》に使われている事実を目《ま》のあたりにし、すっかり閉口してしまっていた。

そういったことはもちろん予測済みで、だからこそ開発部という部署への配属を希望したのだ。愛想のない自分に営業なぞという恐怖の仕事ができるわけもなかったし、根っから理数系なもので、好きな仕事であることはむろんのことだ。が、いずれにしろ煩わしい人間関係というものに左右される事態は、できるだけ避けたいと考えての選択であることは否めない。

また、この部署は極端に女性が少ないことでも、中垣には心地よかった。

もともとひとの好き嫌いが激しく、うまが合う相手とはとことん親しくなるが、それ以外に関しては口もききたくない、といった性格の中垣は、基本的にかしましいたぐいの女性が苦手でもある。

しかしながら、本人の望むと望まざるとかかわらず、長身と整った顔立ち、そして優秀な頭脳と運動神経のおかげで、中、高、大学と女性絡みのトラブルに巻き込まれることが多かった。

二十歳を越す頃にはいい加減、女あしらいも覚えてはいたものの、面倒が先に立って真面目な付き合いは避けていた。思えば確かに、同性をそういう対象として捉《とら》えたのは律が初めてであったけれども、中垣自身資質は充分だったということだろう。

不況下に、望んだ会社の望んだ部署に配属され、環境も上々。恋人ともまあぼちぼちと上手《うま》くやりつつの中垣の目の前は、明るいばかりのはずだった。

そして確かに最初の内は、本当に平和だったのだ。

あの女、佐藤さえ、現れなければ。

この事態は、入社してまもなくの広報部との合コンに端を発する。

男性ばかりの開発部では、婚期を逃した男性は少なくない。四十代を過ぎても独り身というのはざらである。

特に問題があるわけでもなく未婚でいられる環境は中垣にとっては幸いだ。そもそも結婚願望も薄かったが、律と出会った今となれば、むしろありがたい状況だとも言えた。

だがそんな中垣とは対照的に、この会社には結婚願望の強い男性社員は多く、見合いだ合コンだと中年男性が目の色を変えるという寒い光景も多く見受けられる。

そして、どうしても面子が揃《そろ》わないからと先輩社員に頼まれ、嫌々ながらも中垣は顔を出したのだが、それが間違いのもとだった。

世馴《よな》れていないその丹羽《にわ》という先輩は、中垣とは十歳以上の開きがあって、あまり冴《さ》えない風貌ではあるが、人柄はよかった。実績もあり、尊敬もしている先輩が頼み込むのなら、客寄せパンダにもなろうかと出席したわけだったが、中垣にとってもその先輩にとっても、もっともよろしくない事態が発生したわけである。

「あ、中垣さん来たんですね！」

「こんばんはぁ、中垣さんって仰《おっしゃ》るんですか？」

「……はあ」

案の定女どもは、飲み会の開始から一斉に中垣の周りに群れた。実際この状態は予想されていたものであるが、男性諸氏からの非難の視線を浴びるのはいささかきついものがあった。

（なんか殺気立ってるな……）

そもそもが乗り気のしない合コンであるが、社会人のそれは学生時代とはどこか真剣さが違う。恋のさや当ては苦手な上に、執念さえ感じられる寿退社狙いの醜い争奪戦ともなれば、正直中垣には鬱陶《うっとう》しい以外のなにものでもない。

こういう事態には学生時代から慣れている中垣は、あくまでもつれない態度で接し、やがて女性陣が離れていくのをじっと待った。

初めの頃はしつこかったが、適度に遊び慣れた女の子たちは、どれほどレベルが高くとも、自分に愛想を撒《ま》かない男には結局のところ興味をなくし、それぞれに散っていく。

（……ぼちぼち、散ったか？）

ひとり減り、ふたり減りする中、どうにか件《くだん》の先輩もそこそこお目当ての女の子とツーショットなぞ決めて、まあこれでお役ごめんかなと、一息ついた中垣は、いつまでも自分の傍《そば》を離れないある人物に気がついた。

（なんだ……？）

彼女は、お世辞にもスタイルがいいとは言いがたい体型で、精一杯のお洒落《しゃれ》なのだろうが、どこかずれている印象の派手な服を着ていた。裾《すそ》に三角のレース飾りのついた黒のインナーに、緑の光沢のあるジャケット。今時、どこでこんな服を売っているんだろう。

（なんか、誰かに似て……あ、そうだ）

顔立ちは、なにかの雑誌で見たことのあるデザイナーによく似ていた。オリエンタルでロマンチックな服を作るわりに、本人とのギャップが凄まじくて、女性ファッションデザイナーなどに興味のない中垣もつい覚えてしまったほどのインパクトのある風貌だ。

哀れなような感心するような気分でつい、中垣は彼女をじっと見てしまった。

それが――間違いのもとだったのだ。

不躾《ぶしつけ》な好奇心を隠しきれない中垣の眼差《まなざ》しに対し、彼女はうっすらと頬を赤らめる。そうして妙な赤さの口紅を塗りつけた唇で、にいっ、と笑ったのだ。

（……うわ……っ）

あるいはそれは、精一杯の微笑《ほほえ》みだったのかもしれないが――その時、中垣の覚えたものは、戦慄《せんりつ》にも似た怖気《おぞけ》だった。それを機にいっそ中座してしまえばよかったのだ。

だが、やばい、と思った次の瞬間には、にじり寄ってきた女の体積によって中垣の退路は断たれた後だった。

「……お酒、強いのねえ」

「は、あ」

「あたし、佐藤八重子《やえこ》です。開発部はもう三年目ですけど、よろしくね。あなた、今年のニューフェイス？」

「ええ……まあ」

今時ニューフェイスという言葉を使うのはなにかのギャグだろうかと遠い意識のまま頷いてしまえば、佐藤は胡乱な視線を気にかけた様子もなく、にこにこと笑う。

「まあ、そうなの。やっぱりね、初めて見たもの、あなたのこと」

「はあ……」

「あ、失礼したわね。これ」

予感は的中したようだった。中垣の気のない返答にもめげず、甲高い声でまくし立てる佐藤は、脇に置いてあったこれもまた珍妙なデザインのバッグから、名刺入れまで取り出してくる。

「あ、裏に携帯の番号あるから、よかったらメールでも」

社内の人間に名刺渡してどうするんだ、と鼻白みつつ、一応は先輩社員ということもあり、中垣は仕方なくそれを両手で受け取った。

「あなたは下さらないの？」

「いえ、自分は名刺はまだ」

新人だから持ち合わせていない、とフルネームを教えないようやんわり牽制《けんせい》するが、佐藤はそれにめげる様子もない。

これは完全にターゲットロックオンをかまされたと知り、中垣が勘弁してくれよと吐息すると、こういう場所は嫌いなのかと尋ねられた。

「まあ、あまり得意じゃありません。……ろくに知らないひとと喋《しゃべ》るのは苦手なんで」

今までは大抵、中垣のこうした態度と見た目の威圧感で、タイプではない女は散らすことができた。できるならば今回もと半ば祈りつつ、ひたすらつっけんどんに振る舞うが、今回の相手がそうそう一筋縄ではいかないことに中垣は気づきはじめた。

「初対面のひととか、図々しいひととか苦手なんです」

あからさまな嫌みに、しかし彼女は怯《ひる》むどころか、きゃはは、と声を上げた。癇に障る甲高い笑い声は、たっぷりと媚《こび》を含んで気色悪い。

「いやっだー、結構人見知りなの？　似合わなーい」

あげく気安い口調で、そんな無神経なことさえ告げてくる。そんなことじゃ、会社ではやっていけないわよと、いっぱしデキル女気取りの発言には、眩暈《めまい》さえした。

（……この、女）

自己評価の判断基準をどこかに素っ飛ばしている、根拠のない溢れんばかりの自信に触れて、中垣は胡乱な表情になった。

いよいよなにを話しかけられても返事さえ返さないまま、中垣はただビールだけを呷《あお》った。しかしその間も、滔々《とうとう》と彼女の長話は続いた。

（無視されてるってわかんないのか⁉）

それも自分がいかに優秀で、いいポジショニングをキープし、業界の——どんなギョウカイかはよくわからないが——友人もたくさん持っているのだ、という自慢話ばかりなのだ。

「そうそう、あなた開発部なら知ってるかしら。今度のパブリシティインフォメーションで、Dさんとのブレインストーミングがあったのね。そこであたしがネゴしてきたんだけど——」

やたらめったら横文字を使いまくるのも鬱陶《うっとう》しい。要は雑誌媒体の写真撮りに関して、打ち合わせをしたというだけの話であるとは飲み込めたが、そんなものは広報担当であれば誰だってやることだろう。

「出てきたデザインが気にいらなくってぇ、あたし自宅のPCでいじってみたのよ。あの程度のこともできないくせにデザイナーなんてよく言うわよね」

「すごいですね……パソコン、お詳しいんですか」

「え？　ええ、少しね」

「マックですか？　ウィンドウズ？」

「え？　ウィンドウズだけど……この間ＸＰに買い換えたのよ、早くていいわね」

自慢げな、だがあまり説得力のない言葉にぴんと来る。そもそも知識浅薄な半可通のひけらかす知識ほど、聞いている人間をげんなりさせるものはない。そして間違いなく、佐藤はそのたぐいだ。

（見てろ……）

だからその時中垣が口を開いてしまったのは、ちょっとした意趣返しのつもりだった。

「そうですか……俺、実はまだ持ってないんですけどね」

「まあそうなの？　だめよ、仕事でだって使うんでしょう？」

「ええ。……でも購入を迷ってまして」

気弱そうに笑ってみせれば、相手は案の定食いついてくる。いそいそと「相談になら乗るわよ」と言った佐藤に対し、中垣は口の端だけで小さく笑い、口を開いた。

「そうですか……じゃあ、マシンスペックを考えると、どっちがいいでしょうね？」

「……え？」

真剣に問うた瞬間、彼女は案の定の反応を見せた。落ち着きなく視線を動かした佐藤は、やはり口ほどには詳しいわけではないようだ。

今時パソコンを持っている女性などめずらしくもないが、インターネットを閲覧できる程度で「詳しいのよ」と言い切れる人種は少なくないらしい。

ひきつった笑みを浮かべた佐藤に、ここぞとばかりに中垣は畳みかけた。

「最終的に別段画像ソフトいじるわけじゃありませんから、ウィンドウズもいいとは思うんですよ、なんといっても価格は安いし。でもやっぱり、ユーザーインターフェイスの利便性とか、リカバリする時のこと考えるとマックでしょうかねえ」

「は、はあ……そ、そうかもね」

「ただ、マックだとインターフェイスの変更があって、いきなり今まで使っていた周辺機器が使えなくなることがあるじゃないですか。コンクリフトも起こしやすいって聞くし」

「ふ、ふうん……こんふりくと……」

「あれ？　ご存じないんですか？」

あえて突っ込めば、佐藤は卑屈さを滲ませる顔で笑って、曖昧に首を振る。そうですよね知ってますよね、と話を打ち切り、中垣はなおも、もっともらしくまくし立てる。

「今はペンティアムがメジャーですけど、友人に訊くとアスロンかセレロンが早いって言うんですよね。やっぱりCPUがポイントだと思うんですよ。まあ、そうはいっても速度はクロック周波数だけじゃ比較できませんけど――」

そこで逆に「説明してくれ」と言われれば厄介《やっかい》だと、さらに口調は早くなり、滑らかに舌は回っていく。中垣の通りのいい声で並べ立てられるそれらは、目を丸くした佐藤には、なんだか魔法の呪文のように聞こえていることだろう。

（……こうして並べ立てても、実は俺も意味はよくわかってないんだよな）

この今、立て板に水、とばかりに口にする単語は実際、それこそ「女性にはめずらしい」部類の比良方が、酒の肴《さかな》に語ったことばかりなのだ。あくまで参考にと聞いていたそれらの知識が、意外なところで役に立ったと、中垣は内心感謝する。

もともとが理数系で横文字や専門用語を覚えるのは得意なタチである中垣の記憶力は、アルコールに鈍っても充分その機能を果たしていたようだ。

「Ｄｅｌｌとかのｂｔｏマシンもやっぱり安上がりですかねえ……。それとも筐体《きょうたい》と基盤買って組む方が……どう思います？」

佐藤はもう相づちも打てないまま、沈黙してしまっている。

子供じみてはいるが、やりこめられたとほくそ笑み、どうだとばかりに佐藤へと視線を流した中垣は、しかし、愕然となった。

「……すごーい……！」

「……は？」

そこにあったのはへこまされた恨みがましい表情どころか、きらきらと光るつぶらな瞳。

化粧崩れの滲んだ目元に、やや興奮じみた赤みがさしてぞっとする。

「詳しいのねえ、機械に強い男ってかっこいいわ……！」

（——…なにぃ!?）

ちょっと待て、と目を瞠ったけれども、うっとりとした視線を向けてくる彼女は中垣のひきつった表情に気づくこともない。さっきと言ってることがまるで違うじゃないか、と頬を歪めた中垣は、おのれの失態をようやく悟るが、もはや佐藤は止まらない。

「私、本当はそんなに詳しくないのよ！　是非教えてくださらない？」

「は、え、いや……っ」

しかし既に時遅く、うきうきと「教えてモード」になった佐藤はまた、その厚みのある肢体でにじり寄ってきた。

「今度空いている日を教えて？　あ、携帯メールは名刺の裏にあるし、それとねえ……」

もうこれは、言葉の通じる相手ではないのかもしれない、と中垣は遠い目になる。

不幸なことに、ひとより秀でた頭脳を持ち、挫折というものをあまり味わうことのなかった中垣は、知らなかったのだ。

粉々に砕いてやったはずのプライドを乗り越え、今までの言動をまるっきり翻《ひるがえ》すことができる、そんなしたたかな人種は確実にいる。

しかしそれは、おのれの才気を自覚し、自身に対してのプライドも高いタイプの人間——中垣には、到底理解できるものではなかった。

(宇宙人か……？　この女……)

半ば絶望さえも覚えつつ押し黙る中垣へ追い打ちをかける佐藤の甲高いお喋りは、会がお開きになるまで続けられたのだった。

翌日の昼食時の雑談で、サトウヤエコ、という名前を聞いた途端、合コンに連れ出した丹《に》羽《わ》は顔をひきつらせ、中垣に深く深く詫《わ》びた。

「それは……悪かった、中垣……まさかあの、『合コンの女王』に……」

「……って、ご存じなんですか？」

「いや、ご存じもなにも……」

どういうことですかと尋ねれば、歯切れの悪い返事が戻るばかりで、いよいよ中垣の気分は悪くなる。

「ちょっと……知ってるんだったら教えてくださいよ！」

むっつりと顔を歪め、剣呑に詰め寄れば、その迫力に飲まれたように気弱な丹羽は青ざめる。

どうにか聞き出したところによれば、彼女はいわゆる広報部のお局《つぼね》で、社内でも有名なトラブルメーカーであるということだった。

お喋りな彼女も最後まで年齢だけは明かさなかったが、後々教えられたところによると三《み》十路《そじ》の折り返し地点はとうに越えているという話だった。

「……あれで？」

「うん、あれで……」

そして纏《まつ》わる噂といえば、どれもこれもろくなものではない。ことに、『合コンの女王』という名称は多分に裏の意味合い——揶揄《やゆ》であるとか——が含まれていて、それはもはや蔑《べっ》称《しょう》じみて使われているそうだ。

「呼ばれてないのに来るんだよ……いつの間にか。友達もいなさそうだし、誰も誘ってないのに、気がつくといるんだ」

「……そんな妖怪みたいな」

丹羽の説明に対し、思わずそう口にして、しかし自分の放った『妖怪』なる単語があまりに当てはまるような気がした中垣は、げんなりと広い肩を下げる。

おまけにあのぬらりひょんは、合コンで目をつけ気に入った男性社員にはとことんしつこく、周囲の軽蔑も本人の困惑と嫌悪も一切意に介さないままアプローチをしかけるらしい。

「毎年……っていうか、ここ数年、大抵スケープゴートが出るんだけど……まさか今回おまえだとは……」

「スケープゴート、って……冗談じゃないですよ！」

そのストーカーさながらの凄まじさに負けて、郷里に帰った男もいるとかいないとか——

ともかく、佐藤に纏わる話はろくなものではなかったのだ。

「ともかく……しばらく周囲に気をつけてな」

「気をつけろったって……」

どうしろと言うんだ、と中垣は頭を抱えたい気分になる。

あげく中垣が、『開発部中垣が佐藤にロックオン』事件が思うよりも広く噂になっていたと気づかされたのは、その日の午後のことだ。

「なっかがきくーん。女王に狙われてんだって？」

「勘弁してくださいよ……」

営業部から打ち合わせに来た原嶋《はらしま》というその人物は、女性ながら営業部二課のチーフを務めている。研修期間、中垣はこの彼女に指導を受けていて、どこか比良方を思わせるようなさっぱりとした気性とやり手の仕事ぶりは尊敬していた。

「あたし行けなかったのよー、詳しく聞かせてよ、渦中のひとなんだから」

「ちょっと……原嶋さん」

なかなかの美人で仕事もできる彼女の玉に瑕《きず》はと言えば、ゴシップに目がないことだろうか。陰湿にはならずあっけらかんと好奇心を示すので嫌みにはならないが、渦中の人物としては容赦願いたい部分もあった。

「まあしかし今回はランク上にもってってったわね、あいつも」

「知ってるんですか？」

知ってるもなにも、と苦笑した原嶋は、佐藤の性格を端的に表す出来事を教えてくれた。

「この間の販促会議の後で、来期インフォメーションをＤＭ形式で打ち出すことになったのね。それで、たまたま広報の皆さん手いっぱいで、印刷所とデザイナーさんの連絡、彼女が握っちゃったらしいんだわ」

「はあ……？」

合コンの夜、佐藤が自慢げに自分の部署での地位を語っていたのは実際ではなく、ミスが多く性格にむらのある彼女には、誰も主だった仕事を任せようとはしないらしかった。

「そんなことは……ありなんですか？」

「意外とこれがねえ、会社ってものはミラクルで」

笑ってはいるものの、原嶋も内心忸怩《じくじ》たるものがあるのだろう。口の端だけを歪ませ、実際には憤懣《ふんまん》やる方ない、といった表情で語る彼女も、雑用を押しつけられて大変に迷惑したという。

「ツラの皮が厚いってのは素晴らしいよね。こっちが呆然《ぼうぜん》としてる間に『お願いね』でおしまいよ。ナニサマなのあいつは、って感じ……」

実質の広報活動は下請けの広告代理店に任せる形になるため、さほど現場の処理はないに等しい。あるとすれば地道な書類整理が関の山なのだが、「そんなことあたしの仕事じゃないわ」と新人や関わった相手に押しつけてくるのだそうだ。

「おまけにまあ、呆れちゃうんだけど。印刷の上がりが上手くいかなくって、業者とデザイナーにクレーム付けたらしいのよね……課長の了承はもちろんなし」

「それって、裁量……」

「権限持ってるわきゃないじゃないのよ、あの女が」

その件についても、アイプランニングという広告代理店が下請けとの連絡を取っている状態だったらしい。だから本来はクレームをつけるにも、アイプランニングの担当を通して円滑にことを進めるべきだったわけらしいが、佐藤は違った。

「代理店通さないで、直接やっちゃって。プロのデザイナーに向かって、『あなた、マックの使い方ご存じなんですか』ってひと語りぶったと」

知ったかぶった佐藤の偉そうな、だがなんの根拠もない講釈に、デザイナーはプライドを傷つけられ、代理店は面子《メンツ》をつぶされ、大騒ぎになったらしい。

「あ……!?　それって」

「なーに、どゆ話になってた？」

先だっての飲み会の一件を、そうして中垣は原嶋に語った。苦々しい口調の中垣とは対照的に、彼女の頬は次第に緩み、最後には声を上げて笑い出す。

「うっわー、やったわね中垣くん！　気持ちいいわあ」

「笑い事じゃないですよ、そのおかげで逆になんだか、しつこくなって……」

やりこめたつもりが逆に感心され、余計燃え上がらせてしまったらしいと告げれば、もう原嶋は声もなく震える腹を抱え込んでいる。

あの後もどうにかへこませてやろうと、佐藤がなにか知ったかぶったことを言うたび、逐一撃墜してやった。しかし、言葉に含まれる誇張を感じ取った中垣が突っ込むと、卑屈に笑って誤魔化すような態度を取るばかりで、一向に応えた様子もない。

「あーねー。あいつはその図太い神経で生き残ってるから」

「……なんでそんなやつがいつまでも会社にのさばってんの」

「だから、組織はミラクルなのよ」

ごく当たり前の疑問を中垣が口に出せば、原嶋は笑いすぎて涙の滲んだ瞳に、苦いものを浮かばせた。

物怖《ものお》じせず愛想がいい佐藤は、べんちゃらだけはお得意で、呆れるようなはったりを利かすのが非常に上手いらしい。

おかげで細かいことを知らないお偉方に受けがよく、誰も彼女に決定打を出せないという。

「あたしもあいつのおかげで大分煮え湯は飲んだけどさ……」

なにか思うところもあるのだろう、佐藤よりはるかに立場的に上のはずの原嶋が肩を竦めるのを見て、中垣はなんともいえない気分になった。

「まあともかく、合コンにはもう顔を出さないことね……そもそも、開発はあっちとは関わりないでしょ」

「そうしますよ」

そういった感情論を差っ引いて、原嶋の言う通り仕事上の関わりを考えれば接触度はゼロに近いとくれば、特に問題はないかもしれない。

「それにほら、あっち横浜だし」

「そうですね……」

田無支社にある開発部と横浜の本社にある広報部はそもそも電車でほぼ一時間以上の隔たった距離がある。

同じ会社に勤務する同僚とはいえ、この大きな組織の中では本来、顔も知らぬまま終わる人間が大半だ。部署的にもほとんど連絡を取り合うこともない。

「まあ、ともあれネタにするのは勘弁してくださいよ」

「あはは、ごめんごめん」

むしろ面倒なのはひとの口に、風評が面白おかしく流れてしまうことの方だろうと、中垣は原嶋に釘を刺した。

自身が妙に気に入られてしまったことはいまさら仕方ないにしても、今後はせいぜい気をつけよう、逢うこともない相手についてあれこれと考えるのも無駄な話だと、中垣はその程度に考えていた。

(ストーカーったって、噂だしなあ)

話半分にしておけ、と首を振ったその時にはまだ、危機感を覚えなかった。

聞けば聞くほどどろくでもない女だが、そんな噂をすべて鵜呑《うの》みにするわけにもいかないだろうと、中垣はとりあえずは理性的な判断を出してみることにした。

(人間としては、大嫌いな部類だが……)

ひとりの人間が誰かを悪く言う時には、主観が入っているからあまり話としては信用しないことにしている。自身が憤《いきどお》っている時にはなおさら、差っ引いて考えるのが妥当だろう。

だが、それが複数回にわたって囁《ささや》かれることとなれば、ある程度の注意が必要であるのも事実だ。冷静たれ、と考えるあまり、事態の認識が遅れるのも、ままあることである。

要するに、中垣は、まだまだ甘かったのである。

噂はほぼ真実に近いことを中垣が知るには、それから一日といらなかった。

「おーい、中垣……」

内線電話を持ったまま、苦い顔をした丹羽に明け渡された回線のナンバーディスプレイには、「コウホウ」という文字がある。

「嘘だろ……」

あの日苛立ってはいても慎重に振る舞った中垣は、最後まで自分の名前を明かさなかったはずだ。開発部であるのは最初から知れていても、まさか直電までかけてくるとは予想だにしていなかった。

「だから、言っただろ」

嘘じゃないんだってば、と初めに佐藤の噂を教えてくれた先輩社員は、同情の色も露《あら》わに眉を下げる。

もはや慄然《りつぜん》となりながら受話器を取り上げた中垣の耳には、外線ボタンを押す前からあの、奇妙に上擦った声が響いていた。

＊　＊　＊

そうして、仕事上の絡みは一切ないはずの広報部から、毎日電話がかかってくるようになり、定時退社してゲートを通れば、ボリュームのある人影が待ち受けているのも、ほぼ日課と成り果てた。

ＪＲで一時間という距離も、佐藤の前にはなんの障害にもなるものではなかったようだ。

「あのね、今日はねぇ、取材の打ち合わせだったのよぉ」

聞いてもいないことを無理のある甲高い声で嬉しげに語りつつ、一瞥《いちべつ》さえくれない中垣の後を歩き続け、駅までついてこられた時には心底ゾッとした。

（どういう神経してるんだ、あの女……）

いくらその気はないとか恋人がいるとかほのめかしても、一向にめげる様子もない。きつい口調できっぱりと、迷惑だからと言ったところで「照れなくていいのよ」とあの不気味な笑みを向けられて、中垣は怖気立つ自分を堪えきれない。

そんな日々が実に、入社してからこの方、二ヵ月近く続いているのだ。

さしもの中垣も、タフを返上してグロッキー気味だったが、こんなどうしようもない話を誰に打ち明けるわけにもいかず、目下のところひたすら忍の一字なのだ。

またぞろつきまとわれて閉口した今日の午後を思い出し、あっけなくまた不愉快な気分にさせられては、こんなに感情のコントロールのできない男だったろうかと自分を訝《いぶか》しむ。

（こっちがおかしくなりそうだ）

なにも考えたくないと思うせいで、余計物思いに沈み込んでしまう、こんな感覚は初めてで、中垣はひどくくたびれる。

テレビもつけず悶々《もんもん》とする中垣の耳に控えめなチャイムの音が聞こえたのは、帰宅してからまだ三十分と経《た》たない頃合だった。

『こんばんはー』

「律？」

時間を慮《おもんぱか》ったのだろう、ごく小さな律の声がドアの向こうから聞こえ、中垣は焦るような手つきで施錠を外した。

「待ってな、今開ける」

『はーい』

鬱屈していた時間のことなど、恋人の名を呼ぶ声からはまるで窺えず、自分で発したそれだというのに中垣は呆れるような照れるような気分になる。それでも、嫌な物思いから解放してくれたことに対して、感謝の念さえも湧いてしまうのは止められない。

「えへへ、おじゃまします」

小作りな顔が照れたように微笑むのを見つめただけで、だらしなく笑み崩れてしまいそうな頬を必死で引き締める。

(ああ、ほっとする)

最悪な女のことを思い出していたせいか、律のことが普段の百倍は可愛く見えた。いや、律は実際いつも可愛いのだが、と考えるあたり、中垣ももう末期ではあるだろう。

律に関しては脳まで腐っている中垣は、細い肩を軽く抱いて座るように促しながら、努めて平静な声で話しかけた。

「早かったな」

「だってさー……」

だが、そんな中垣の理性をぶっちぎるようなことを、ぺろりと年下の恋人は言ってのけるのだ。

「遼さんすごい顔色だったから、早く帰っていいかって宮本さんに言ったんだよね。そうしたら、もういいからって」

気になって仕事にならないから。そう言いながら、きれいな邪気のない瞳で、店を出た時と同じように中垣の頬を撫でてくれるのだ。

「だめだよ、無理しちゃ。気がついてないだろ？　随分痩《や》せてるよ？」

「律……」

触れた手のひらの温かさがささくれた神経を癒《いや》すようで、中垣はそっと息を吐き出す。

「仕事好きなのは知ってるけど、気をつけないと」

「ああ」

ね、と笑った律は、そのまま巻きつく抱き竦めた中垣の腕を拒むこともなく、自分より一回りも広い背中を撫でてくれる。

「仕事のことはわかんないけど、俺、愚痴《ぐち》聞くぐらいならできるよ？」

年下の可愛い恋人は、思いもかけないような包容力のある微笑みで、ますます中垣をだめにする。

甘やかすような声に、中垣は黙って首を振り、腕の力をいっそう強めた。

（言えるわけ、ねえよ）

会社のことではあるが、実際仕事で疲れているのではないと、律に言うことはできない。あまりに馬鹿馬鹿しすぎて、口にするのも情けないのだ。

そもそもが中垣はあまり、愚痴やなにかを零すのが好きではない。男の繰り言は見苦しいと感じるタチで、腹にため込んだものは強引に昇華するべく努める方がましなのだ。

ましてやそれが可愛い恋人の前となれば、みっともない真似をすることなどできない。

「……そういや、湯田と比良方女史、えらく似たようなかっこになってたな」

だから話を誤魔化すように尋ねると、ああ、と律は邪気なく笑った。

「あのね、今度の芝居、ダブルキャスト、って言うの？　直海と弥子ちゃんで同じ役やるんだって」

「ってことは……」

「うん、主役。そんでまた複雑な役でさあ、直海の場合は自分が女だと思いこんでる——弥子ちゃんの場合は男ね、反政府活動のゲリラのリーダーだって」

「……すごい設定だな」

あのいずれ劣らぬ美形たちであれば、若きカリスマはさぞ似合うことだろう。芝居のことはよくわからないながら、彼らには派手なその設定は実にあっていると素直に思う。

なにを思い出したのか、おかしそうにくすくすと笑って、律は続けた。

「で、恋に落ちるサブリーダーが直海の場合は男、弥子ちゃんは女なんだって」

「……へえ？」

どういうことだと中垣が問えば、男女の設定を取り替え、その外の話の筋は同じにしたものを、一日交替でやるのだという。

「はあ……だったら素直に逆にすりゃいいものを」

「それじゃ面白くないじゃない。なんかねえ、見にいくって言ったら、弥子ちゃんはおっけーだったんだけど、直海は死んでも来るなだって。性格でるよねえ」

似ているようで正反対な人たちは、律を挟んでまた毎度の口喧嘩をやらかしたのだろう。少しばかり悪戯《いたずら》っ子のように笑う律は「絶対見にいこうね」と肩を震わせた。

「チケット多分、弥子ちゃんに言えばおさえてくれると思うんだ」

「……そうか」

覗き込んでくるその表情は無防備で、性懲りもなく中垣の胸は高鳴ってしまう。

「そうか、って……一緒に行くんだってば。ね、遼さんいつがい、……っ？」

話半分に相づちを打ったのが不満だったのだろう。きれいな眉を寄せた律にひとつ笑って、中垣はその長い指を伸ばす。

「あ、りょ……っ」

出会った頃よりさらに伸びた長い髪を掬《すく》い上げ、隠れていた薄い耳朶《みみたぶ》に唇を寄せると、ぴくん、と頼りないほどの肩が揺れる。

「ん、……っ」

耳朶を軽くついばんだだけで、色白の肌は一息に赤く染め上げられる。きつく抱きしめれば、中垣の手のひらが余るほどの薄い肩の感触にぞくぞくした。

「あ、もう、……ちょっと、まだ、話……っ」

「んー」

強引に膝に抱いてしまえば恥ずかしいのか、律は赤い顔のまま怒ってみせる。生返事で抗議を流し、たくし上げたTシャツの裾から指を忍ばせれば、ふっくらとした唇を噛んでかすかに首を振るだけだ。

「っ……あ、ん、も……っ」

胸をさすると、まだやわらかな乳首が指先に触れる。華奢《きゃしゃ》な身体は肉づきも薄く、そのくせどこもかしこもひどくやわらかい。

初めて触れた時から中垣を感嘆させた律の肌は、赤ん坊のように滑らかで手のひらに甘く、愛《いと》おしさに裏打ちされた加虐性をそそられる。

「えっち……」

「ん？」

ぷくんと立ち上がってきた場所をしつこく撫でていれば、細い脚がもじもじと落ち着かない様子で摺《す》り合わされる。瞳の縁も赤く潤み、睨みながら吐息混じりの声を洩《も》らした律の唇

をそっと吸い上げる。結局は抗《あらが》わないから悪いのだ。

「んん、っ」

何度か甘噛みすれば、あっさりと開く甘い唇。きれいな歯列を割って入り込んだ舌は、律のとろりとした口腔に吸い込まれ、程なく濡《ぬ》れた音を立て始める。

「あうっ、ん、ん、くぅ、ン……っ」

薄い濡れた肉を吸い込み、啜るようにしながら胸の尖りを指の腹で擦《こす》った。周りの肉へ押し込むようにすると、律は中垣の脳を痺《しび》れさせるような甘い喉声を発する。

「んぁ……っ、ま、待って、……するなら、風呂……」

「いいよ」

やだ、とそのまま伸《の》しかかろうとする中垣を押し返し、律はその濡れた唇で、すべてが本気ではない拒絶の言葉を吐いた。

「髪……匂うだろ？　あの、店にいたし、煙とか……煙草の匂いとか」

「別に、気にならない」

確かにそんなものも混じってはいたが、流れる髪の間に鼻先を埋《うず》めれば、律の若く甘い体臭と、シャンプーの残り香が感じ取れる。そして、少し生々しいその匂いは、中垣の性感を煽《あお》り立てるばかりだ。

「ねえ……やだ……汗かいてるから……」

身じろいで逃げる律を押さえこみ、もう一度Tシャツに手のひらをくぐらせると、湿った感触がした。ロゴ入りの白いそれに、中垣の指で硬く尖らせたふたつの小さな陰影を認めればひどく淫《みだ》らで、たまらない気分になる。

「あ……っ、ん……！」

「どうせ……」

不意打ち、片方の粒を軽く布の上からかすめれば、律はもう誤魔化しきれない様子で細い腰をわななかせる。鋭敏な反応に、片頬で中垣は笑った。

「これからそういうことするんだから、一緒だって……」

「あん、や……っ、も、あっあっ」

言いながら小さな隆起をさらに強く摘めば、鼻にかかった声を上げた律の身体が一瞬強ばる。数秒ふるりと震えて身を固くしたその後、くにゃりと腕の中でやわらかくなる、その変容がひどく中垣は好きだった。

「ね……、いっかいだけ、だよ？　今日は」

それでもこの日、律は少し頑《かたく》なだ。ぐずる身体をもう一度背中から膝の上に抱き上げれば、きつい抱擁にようやく虚しい抵抗をやめたようだった。

「もお……会社、あるんだか……っ」

首筋を軽く噛みながら、胸に悪戯をする中垣の両手を摑み、潤んだ声と瞳で訴える律は、その視線も仕草もただ中垣を煽るだけだと知っているのだろうか。

「ん、も……そこ、や……っ」

「そこって?」

「ばかぁ……」

大体、咎めながらも彼の小さな尻は中垣の長い脚の間、その兆《きざ》したものの上でうずうずと揺れているのだ。

(タチが悪いな……これはこれで)

その擦れ合うような刺激こそが強引な男を逆に追いつめていることに、気づいていないわけもないだろう。

「気にするなって」

「でも……」

むしろ、知らぬふりをしているというのが実際だろうかと、穿《うが》ったことを考えつつ、中垣は腕の力を強めてみせる。

「でも、じゃなくて……どっちにしろ、これじゃ」

「……あっ!」

寝られるものか、と先ほどから身じろぐ律に煽られっぱなしの腰を押しつければ、耳の先まで赤くなる。

「も、お……明日、居眠りとかしても、知らないからっ」

「上等」

寝不足より、律に触れられない方がどれほど辛いことか、今いち彼はわかっていないらしい。たとえばすぐ近くにあるベッドの上へ移動するだけの、わずかな距離さえ待てないほどだというのにと、即物的な衝動に負けた自分を中垣は嗤《わら》う。

「……腰、浮かせて、律」

「ん……」

ジーンズごと下着を剝《は》いでしまうと、まだ着たままのTシャツで露わな部分を隠そうとする。日焼けしないほっそりとした素足を摺り合わせ、脚の間に懸命にシャツを引きおろす律は、そういう格好は却《かえ》って男を刺激するだけだと知っているのかいないのか、と中垣は苦笑する。

遊んでいたという割に案外純情なところが多くて、奇妙に初心《うぶ》な感覚を残している律には翻弄《ほんろう》される気分になる。ぐずる相手の機嫌を取り、宥《なだ》めすかすようなやり方は実際中垣のスタイルではないはずなのだが、律のじりじりと羞《は》じらう表情を崩していく行程には、ただ甘ったるいような歓喜しか覚えないのだ。

律のこちらを案じるその言葉と情に、嘘はないとは思う。しかしもしも、これが計算の上の焦《じ》らしだとしても、手玉に取られるのも結構心地いいと今の中垣は知っている。

律にだったら弄《もてあそ》ばれてもいい。それもまた、悪くない。

「ウ……っん」

後ろから顎《あご》を捕らえて仰《あお》のかせ、きつい角度でのキスをしかけると、懸命に舌を伸ばして応えてくる。

苦しげに背中を反らす律は、必死に下に引っ張っているせいで、身体のラインにぴたりと添うシャツのことには気づいていない。

中垣は小さな舌を搦め捕りながら、ぷつりと立ち上がっている胸に指を伸ばす。

「ふぁ……っ！　……ア……」

びくりと跳ねた勢いのまま唇がほどけると、律は中垣の肩に後頭部を擦りつけるようにして緩慢に首を振った。

「は、ん……っ、ん、りょ……さっ」

指の腹にさえ余る小さなそれを両胸ともいじってやると、なにかを訴えるような涙目で、じっと見上げてくる。感覚が高まるのを表し潤んだ瞳は、時折にきゅっと閉じられ、そしてまた確かめるように中垣に視線を向けてくる。

（……溶けた）

こうなればもう、律は中垣の施すべてに抗うことはない。しっとりと濡れた肌を震わせて誘い、もっと触れてと無言のままに訴えてくるばかりだ。

「……気持ちいい？」

「ん、い……っ、そこ、ぞくぞく、しちゃ……っ」

汗ばんだ頬に纏わりつく髪は、出会った頃よりもまた伸びている。

「ここ？」

唇で払ってやりながらさらに胸を摘んで尋ねると、律ははにかむような、そして泣き出す寸前のような微妙な表情で首を竦め、唇を震わせた。

「そこぉ……」

「どこ？　こっち？」

「や……っも、ばか」

片方の手はそのままに、わずかに震える内腿《うちもも》を撫で上げれば、期待とも怯《おび》えとも取れるような眼差しが揺れている。

「遼さん……遼さんの、ユビ、……」

わずかに拒む律とじゃれるように、脚の間を押さえこんだ細い手首を捕らえると、そのまま手の甲から被せるように指を絡められる。

「うん？」

「指が……イイ、の、すっご、く……っ」

イイ、と律が喘《あえ》ぎながら呟いたその指で、もう堅くなっている部分を捕らえると、語尾が震えながら消えていく。

「……あっ、……あ、や……っ」

びくりと丸まった背中をシャツ越しについばみ、律の濡れた熱い性器を手のひらに包み込む。そのままもどかしさを感じる程度にやさしく擦り上げると、脳を溶かすような甘えた声が訴えてくる。

「んンん……っ！　あ、ん、ゆび……っ」

緩やかに湿った音を立ててやると、首を捻《ひね》るように振り向いた律が息の荒くなった唇を押しつけてきた。

「俺の指が、好き？」

「すき……」

言葉を交わす合間にも、そのワンセンテンスを紡ぐより長い時間をかけて舌を絡ませるから、互いの息は切れ切れになっていく。

「……どんなふうに好き？」

「んふ……っ、あ、ん……っ」

濡れた肉が中垣の薄い唇を何度も湿して、その唇の中に招いてほしいとねだるのを逸らしながら囁くと、甘えたような拗ねた声で片腕を首に回される。

「……入れてほしい？」

「え……」

含みをもたせた言葉を囁くと、律は一瞬惚《ほう》けたような表情をした後、首筋まで赤く染めたまま頷いた。震えながら立ち上がる律のそれを宥《なだ》めていた中垣の指に、ほっそりした指が縋《すが》りついてくる。

その先をねだるような、それでいて咎めるような曖昧な力に、中垣は意地悪く笑った。

「や、……ちょっとっ⁉」

絡みつく指をほどき、中垣の手のひらはやわらかな両の腿にかかる。そのまま強引に脚を大きく開かせて細い腰を浮かせると、用足しを促される子供のような体勢になった。

「ちょっ、やだ、遼さんっ⁉」

律は取らされた体勢の恥ずかしさに茹《ゆ》で上がったように赤面し、じたばたと両脚をもがかせる。本気の抗いを見せた律の力は、さすがに女性のそれより強い。

「……こ、こんなかっこ、やだよ……っ！」

「こら、暴れるなよ」

「あば、暴れるよっ、こんなの！　みっともない……っ」

それでも中垣の太い腕にかなうものではない。

恥ずかしいと身を捩《よじ》るのだが、むしろ動くたびに湿り気を帯びた秘めやかな場所までもがシャツの裾から覗き、震えているのがわかってしまう。

「って、暴れると余計見えるぞ……？」

「っ！」

からかうように耳元に吹き込めば、びくりとやわらかい尻が竦むのが、中垣の腿に当たる感触で知れた。そのまま、剝き出しにされた無防備な部分に長い指をあてがうと、律は息を呑んでおとなしくなる。

「んー……っ」

慎ましいそこを軽く指先で捏《こ》ねれば、律は小さく喉奥で唸《うな》る。感じはじめているのは指の腹に伝わる湿り気と、その微弱な振動で知れたけれど、素直に認めるのはさすがに悔しいのだろう。

「……律？」

「やあ……」

息を切らせて、何度も唇を嚙みしめる律は、意地を張る心とは裏腹に蕩《とろ》けはじめる粘膜を持て余しているようだった。

「んぁ……もっ……や……ん、入れ、ちゃ……っ」

半端に感じさせたままの律の性器からは、潤滑剤も不要なほどの体液が滴り、中垣の指を滑らせる。くちり、と音を立てて人差し指の先が埋まってしまえば、抱え込んだ身体のわななきはいっそうひどくなり、律の声に涙が混じった。

「こんなの……やだ……」

「そう……？　なんで？　俺しか見てないだろ」

「それがやなの――……っ！　っん、あ、あっ」

徐々に奥まで指を入れられ、抗いながらも感じて啜り泣く律はひどくそそるものがある。

染まった耳元へ唇を寄せ、中垣は声を潜めて囁きかける。

「可愛いけど？」

「……っ！」

含み笑って言えば、腕の中の身体はその体温を急激に上げ、そして肩に乗せていた中垣の顎は、まるで叩きつけるような手のひらに押し戻された。

「んの……スケベ！　ばか！　エロオヤジ！」

「全問正解」

「信じらんないっ！　……あっ、あぁ……！」

真っ赤な顔をした律の悪態に中垣はしゃあしゃあと答える。それでも待ちわびるような収縮を繰り返す部分で指をくるりと回せば、絶え入るような声で鼻を鳴らすからいけないのだ。

「も……っ……う、ふぅ……っ」

中垣の指が動くたびに小刻みに肩を揺らす律は、長い腕に縋《すが》るようにしがみついてくる。

捩れた身体には、既に汗でじっとりと湿ったシャツが貼りつき、艶《なま》めかしいそのラインを浮き上がらせる。勢いまかせにそれを剝ぎとり、中垣もまた衣服を脱ぎ捨てた。

「あ、んっ、あんっ、あんあんっ！」

しなやかな肢体に誘われるまま、細い腰から手のひらを這わせ、先ほど散々にいじめた胸へと辿り着く。きゅっと縮こまったそこをひと撫でしただけで律の声はさらに切なく高くなり、中垣の指を食《は》んだ粘膜は、不規則な痙攣《けいれん》で締めつけてくる。

「たまんないね」

乱れるその姿を眺め、中垣は小さく呟いた。

今既に、律のやわらかな腿を強引に開かせていた、強い腕の拘束はない。けれどそれにさえ気づかないのか、淫蕩《いんとう》に崩れ開いたままの脚は、床を蹴るように跳ねては震え、時折にそのやわらかな尻を、中垣へと擦りつけてくる。

もっといじめて、と言うかのように。

「痛くない？」

「ん、も、ばか、……んーっんーっ」

ねっとりと指をしゃぶるようなそれに、干上がりそうな喉を堪えて問いかける中垣の声は、欲情にかすれて低くなった。ついでに敏感な耳朶を齧《かじ》れば、律はしゃくり上げながら首を振る。

「あ、……っあ、そこ、そこ……っ」

濡れた場所の奥深く、律が最も弱い部分をかすめれば、開かれた白く細い脚が与えられる感覚に震え、びくびくと床を蹴った。

「や……う、い、いっ……だめ……っ」

もう呂律《ろれつ》も回らないほど乱れる律を眺め下ろし、その感触のすべてにも、扇情的な光景にも、中垣は煽られていく。強ばった感のある腰に渦巻いた熱を腕の中の華奢《きゃしゃ》な背中に押しあてると、小さな悲鳴が上がった。

「ヤ……っ、あ、当たって……、おっき、の……あた、ちゃうっ」

「律……っ」

身体も心も素直な律。幼い響きの言葉を綴《つづ》る舌足らずな喘ぎに脳が煮えて、中垣の狂暴な気分を駆り立てる。

ひと撫でで一言で翻弄されて、いやいやとむずかるくせに結局は、すべて許して乱れてみせる、この従順さがたまらないのだ。

（あのばか女にも――）

この百分の一、いや、一万分の一でいいから、この羞《は》じらうようなしおらしさがあってくれたなら。

（って、なに、考えてる？）

うっかりと嫌なことを思い出し、不快な気分に陥りそうな自分を中垣は叱咤《しった》した。苛立ち、強ばった指先になにを感じたのか、訝しむような視線で律は振り向いてくる。

「つん……？　な、に？　遼、さ……」

「いや」

一瞬とはいえ雑念がよぎったことを見透かすような透明な眼差しに、中垣はひどく居心地が悪いと感じる。今の自分の表情を見られたくもないと、止まりかけた愛撫《あいぶ》の動きを激しくすれば、蕩けた蜜のような律の瞳はまたきつく瞑《つむ》られた。

なんだか、ひどく気が急《せ》いた。覚えのない凶暴さが胸の奥にこみ上げてきて、その感情を中垣は愚かなことに、目の前のやわらかい身体への興奮へとスライドさせてしまう。

「ひあっ!?　……んんあ、んっ、そん、そんな、そんなしちゃ、やっ！」

まとめた指を深く突き入れ小刻みに微妙に蠢《うごめ》かすと、たまらなくなったかのように律は激しくかぶりを振った。

「あふ、あ……あー……あぁあ……！」

抜き差しのたびに上がる水音は粘った響きを増し、先ほどからもううねるように揺れている律の腰、その中心からは止めどなく溢れてくるものがある。

「ぐっしょりだ」

「やぁあ……！」

喉奥で笑って眺め下ろした中垣の声に息を呑み、切なげにしゃくり上げた律はにわかに正気づいたようだった。わななく脚は焦ったように閉じ合わされ、中垣は手首を挟み込まれてしまう。

「やだ、も……っ」

「痛いって、律」

言葉ではそう告げたが、実際しっとりとした腿と尻のやわらかな肉の圧迫は、痛みどころかただ甘美な興奮を誘うばかりだ。干上がったような喉を嚥下《えんか》させ、余裕の消えた声で中垣は囁いた。

「……律、これじゃ動かせないだろ」

「うそ……うそつき……っ」

もじもじと閉じた脚を擦りあわせ、赤く潤んだ瞳が甘く睨んでくる。動かせない、と言いながら、体内に入り込んだ指はごくわずかな刺激を律に与え続けている。

「動い、てるよ……動いて……もん……っ！　なか、中、こすって……っ」

「動くと嫌？　……擦るの、やめるか？」

駄々っ子のような口調に、好きなんだろうと意地悪く笑ってみせれば、それは意図したよりもひどく酷薄な響きになった。

「っひど……」

そうして指先をぴたりと静めれば、信じられない、というように律が目を見開いた。その横顔には先ほどまでの羞じらいとは違う、純粋に傷ついた色が瞬時に浮かびあがる。

「なんで？　遼さ……っ」

「え？」

「さっきから、なん……なんで、そゆことばっか、言っ……」

うう、と唸った後、首を振って睨んでいる瞳の端に、これは快楽からではないたぐいの涙が膨らんだのを見て取って、中垣はぎくりとする。

「いじわる……っ」

「り、律」

そうして泣かれて、中垣はざあっと血の気が下がった。

(やばい、やりすぎた)

気が逸れたあげくに苛立って、それを逸らすかのように律の反応を引き出した。そんな自分が悪いのはわかっているだけに、傷ついて本気の涙を零されれば、中垣はただ青ざめるしかない。

「ごめん！　律、悪かったっ」

「うー……っ」

俯いて泣き顔を隠そうとする彼に、ひどく胸が痛い。長い髪が崩れて現れた、きれいなうなじに唇を落としながら、少々どころでなくしつこかったおのれを中垣は反省するが既に遅

い。

「ひっ……うえ……っ」

「ごめん、律、ごめんな。やりすぎた……ほんとにごめん」

本気で泣きはじめた律に焦る。細い肩を尖らせて拒絶する後ろ姿へ許してくれとかき口説いた。

「も、やだ……こわい……っ」

「律……」

「やだっ」

せめて涙を拭《ふ》こうと指を伸ばせば、思いの外の強い力でその手を拒まれる。どうにも本気で怒らせたか傷つけたかと思っていれば、続いた律の涙声に、中垣は鳩尾《みぞおち》がひやりとするのを感じた。

「遼さん、違うこと考えてる……っ」

「律……？」

「そういうの……こわい、そういうの、やだっ」

核心を抉《えぐ》ったそれに内心冷や汗をかくが、それ以上に中垣の耳に届いた律のかすれた声は哀れで、たまらない気持ちになった。

「……意地悪するためにするんなら、やめて」

啜り泣く抗議の声にはただ自分が情けなく、中垣はいっそう罪悪感を覚える。

「八つ当たりすんなら、他のやり方にして。……俺、こんなの、耐えらんない……っ」

「八つ当たりなんかじゃ……」

違うと言いかけて、その言葉の信憑性《しんぴょうせい》のなさに自ら気づいた中垣は、そのまま口を閉ざす。実際、うっかりと嫌な記憶を蘇らせた自分を知っていれば、言い訳じみても仕方がない。

結局、言いあぐねた言葉はすべて引っ込め、中垣はただ謝罪を述べる。

「ごめん」

こんなつもりではなかったのに、どこかまださされた中垣の神経はどうにもデリカシーに欠けていて、律を傷つけてしまったのだろう。

(ばかか、俺は)

高ぶった感情のままに辱めるようなことをして、怖がらせてしまったことをどう謝ればいいのか思いあぐねた中垣は、あまりの情けなさにため息をつき、律を腕から解放する。

「あ……っ」

「律?」

けれど戒めを解かれた律が浮かべた、いっそう傷ついたような表情に、胸を摑まれる。どうすればいいのかわからずに、眉間に皺《しわ》を寄せたまま見つめた恋人は、またくしゃくしゃと瞳を歪めた。

「律？」

「り、……遼さん……怒った？」

怯えたようなその声に無言で首を振り、正面から抱きしめなおす。瞬《また》きのたびに零れていくものを唇で拭って、まだ強ばっている肩をそっとさすった。

「まさか。怒ってない。……ほんとに、悪かったよ」

言いながら、どうしてこう偉そうにしか謝れないのかと我ながら嫌になったが、律には伝わったようだった。

「ほんと？」

「本当」

きゅっとしがみつく指が愛しくて、やわらかい口づけを繰り返す。

「いじめるつもりじゃなかった。……可愛かったんで、やりすぎた。ごめん」

自分の指ひとつでどんなふうにでも色合を変える生き物が、たまらなく愛らしかったせいで度を越した。それでも、内心に残る苛立ちを律にぶつけたのは否めない。

(しくった……)

そもそもが律は、過去のやや尻軽な自分の遍歴に関して、中垣が思うよりも気にしている節がある。いつもよりくどすぎる追求に、彼が責められた気分になるのは当然で、だからこそ普段では、あまり律の感じやすさやなにかを言葉にして揶揄することのないよう気をつけていたのに。

「好きだよ、律。泣かせたいわけじゃない」

腕に閉じこめた甘い身体に、間違ったやり方で慰めを求めた自分が腹立たしくて、中垣は歪む頬を律の髪に埋めた。

胸が詰まったような息をつくと、中垣の腕をとり涙を拭った律が無心な表情で覗き込んでくる。

「もう、いいよ。……反省、した?」

「した。すごく」

「じゃ、……許してあげる」

くすんと小さく鼻を啜ると、しょうがないひとだ、と律は笑った。

その笑みに身体の深いところが痛んで、淡い唇に癒しを求めると、やさしく開いた歯列の奥に招き入れられる。あやすように何度も舐められた舌の先が随分苦かったことを、律の甘いそれに触れて、いまさらに思い知る。

「ごめん」

「ううん。あのね」

泣かされたのは律で、それなのに慰められているのは中垣の方だ。何度も絡め合った舌の先をほどけば、濡れた唇のまま律は、真摯《しんし》な声で呟いた。

「こういうことする時は、他のこと考えないで」

「別に……」

そんなことは、と言いかけた唇を、伸び上がってきた律のそれに塞《ふさ》がれる。

「あの……あのね、気晴らしのセックスもあるけど……そういうのも、別にいいけど」

普段より大人びた表情の律は静かな声を紡ぐ。

「でも俺は、遼さんのことは割り切れないから、真面目に寝てるよ。……変な言い方だけど、ちゃんと気持ちよくなりたいし、してあげたいから、できるだけやさしくしたいよ」

律の言葉に痛い部分を突かれた気がして、中垣は押し黙った。

(まいったな)

この年下の青年が、ただ可愛いだけの愛玩動物ではないと思い知らされるのはこんな時だ。さまざまな肌の熱さを知る律は、知ってか知らずか時々、ひどく悟ったような考え方を覗かせることがある。

少なくとも好悪の激しい中垣よりは、律の方がひとへの接し方に長《た》けていることは事実だろう。

はじめて彼を抱いた夜に、やさしくしてくれと震えながら言ったそれは、彼なりの手放しの愛情表現だったのだろう。どこかしら律を軽んじていた部分があったことを、改めて教えられ、自己嫌悪が中垣の胸に重く伸しかかる。

「……俺は、やさしくなくて」

気づけば、ぽろりと言葉が零れていた。

「やり方も、よくわからないから……律が、教えてくれ」

苦く笑うと、簡単だよ、と髪を撫でられた。

「遼さん、ちゃんと俺にはやさしいじゃん。いつも」

「そうか？」

胡乱な声で問い返せば、やさしいよ、と律は頷いた。

「うん。……だから、でも、こんなふうには誤魔化さないで」

感情を押し込めれば、どこかがいびつになっていくものだ。その歪みを無理に抑えこむのではなく、静かに吐き出せばいいと、律は語っているようだった。

「愚痴言うの好きじゃないのは知ってるけど、言っちゃった方が楽な時もあるんだよ？」

おそらくひどく情けない顔をしていると思うのに、その頰に律は甘やかすように唇を触れさせ、何度も頭を撫でた。

「なんか、カッコ悪くて、……できない。そういうのは」

見栄かもしれないけど、張っていたい意地もある。心情を吐露すれば、余計にそれを思い知りそうで嫌なのだと、律の仕草に甘やかされながら中垣は言った。

「うん、……それもわかるけど」

おもねるのではなく宥めるように、律は静かに告げる。髪を梳《す》く指に、うっとりと中垣は目を閉じた。

「……これ以上みっともなくなったら、律、呆れるんじゃないのか」

律の指のやさしさに溺《おぼ》れながら、抱きしめた薄い胸へ顔を埋めれば、そんなことないよ、と律は笑った。

「もうちょっとカッコ悪くなってくれればいいのにって、思うくらい」

「うん？」

意味がわからずに顔を上げると、どこか切なそうな表情の律がじっと中垣を見つめている。

「俺、ばかだから。……ごめんね、こんなふうに遼さんが弱いと、近くなったみたいで……嬉しいんだ。ごめん」

「……律」

へへ、と笑った顔は照れているようにも、泣くのを堪えるようにも見えて、中垣をたまらない気分にさせた。

「なんで、そんなこと考える？」

手の中にしたはずの体温がふっと遠退《とおの》くような錯覚に、中垣は確かに怯えてきつく、律の身体を抱きしめる。

だってさ、と困ったように律は呟いた。

「なんで、俺なんか好きになってくれたのか、今イチわかんないんだもん」

「……なんかって言うなよ」

卑屈な言い方が気に障って、もう一度床の上に押し倒しながら睨んでみせると、律は知らない笑顔を見せた。

「なんかは、なんかだよぅ」

ふざけた口調で言い返されながら、律の遠慮と怯えを知る。

抱いて、好きだと言って、出来るかぎり甘やかしているつもりでも、不安は残るものだろうか。

「……俺は、俺の方こそ、なんで律が惚れてくれたんだかわかんないぜ？」

額に口づけながら言えば、それは、となにかを言いかける。唇を塞いで、言葉を封じ込め、中垣は続けた。

「律、理屈じゃないよ。おまえが好きだよ。それを信じてくれなかったら、俺はどうすればいい？」

「遼さ……」

散らばった長くやわらかい髪の感触を、どれほど愛おしく思っていることだろう。

揺れる瞳を見つめたまま、束ねた絹糸のような髪に頬を寄せ、中垣は吐息する。

「信じてないんじゃないよ……？」

言葉ではそう言いながら、自信のなさそうな律の声にもどかしさを感じてしまう。

律とこうなる前には、中垣の行状もあまり誉《ほ》められたものではなかった。男の身勝手さで、抱く相手がぐずる素振りを見せれば、冷たく突き放すようなこともままあったし、自分に媚《こ》びる女を蔑《さげす》むような部分も確かにあっただろう。

入れたい、入れたい。本能に支配されるセックスを演出するためだけの、歯の浮くような台詞《せりふ》など、馬鹿馬鹿しいとさえ思っていたのに。

律に関してはそれこそ阿呆のような言葉のオンパレードで、それがまた最初《はな》から本気だから手に負えない。

（調子が狂う……）

喋るのが面倒だと思わないのも、泣かれたらどうしていいのかわからなくなるのも、律が初めてだということを、どうやって教えればいいのかわからなかった。

「こんなふうに、俺が甘えたいのは律だけだ」

律だけだよ。繰り返せば、じっと無心な瞳が中垣を見上げている。手放しの信頼と愛情の溢れる視線があるから、強くあれるのだと思う。

「甘えてるの？」

くすぐったさを堪えるような声で、ようやく律は笑った。

「俺、遼さんの役に立ってる？」

「すごくね」

　エッチだけじゃなくて？　と上目に見つめてくる律の頬を軽く抓《つね》り、ばか、とわざと睨んでみせると、細い腕がするりと中垣の首に絡まった。

「そっか。……よかった」

　嬉しいや。囁くような声音で、律はそっと安堵《あんど》の吐息を洩らす。触れあった頬からスライドして、甘やかな唇を塞ぐと、冷めかけた熱が静かに背筋を這い上った。

「大事だよ、律。……これだけってことはない」

「うん」

　神妙に頷いた律を抱きしめ直し、でも、と中垣は潜めた声で囁いた。

「今夜はとりあえず、やらして」

「……ばか？」

　直截《ちょくせつ》な言葉に呆れながら吹き出し、まあいっか、と律は無防備に身体を開く。

「遼さんも、こういう時は単なるオトコだもんねぇ」

「言ってろよ」

　軽口を叩きながら、絡み合い沈み込んでいく身体で、声のない会話を交わし合う。

　生殖という目的のない、だからこそ愛情と快楽のシステムがシンプルな彼らの夜は、汗のきしみと睦言《むつごと》にまみれながら過ぎていった。

月が変われば日差しの透明度はさらに高くなる。この年は夏が早くて、ひりつくような熱を肌に受ければ痛みさえ感じる、そんな週末の午後のことだった。

＊　＊　＊

自分用に支給されたパソコンを睨《にら》む、中垣《なかがき》のデスク前に設置された電話が鳴った瞬間、斜め向かいの丹羽《にわ》がはっとしたように顔を上げる。鳴り響くそれが外線のディスプレイで五番、中垣の直電であることを確認した丹羽は、目配せを送ってきた後ややあって、目の前の電話を取る。

「お待たせ致しました、I工業でございます……ああ、お疲れ様です。……は、中垣——ですか」

滑舌のいい声で爽やかに受け答えをしつつ、目線で「アレだ」と知らせてくる丹羽に、中垣は無言のまま首を振り、胸の前で手を交叉《こうさ》させてバツ印を作った。

頷《うなず》いた丹羽は「少々お待ちください」といったん保留をかけ、適当な間を見計らって再び受話器を取り上げる。

「中垣は打ち合わせで午前から……ええ、直帰だと思います。え？　さあ、課長についていくつか現場を回るような話でしたので。……ええ、では……は？」

穏便な声で話を切り上げようとしていたらしい丹羽は、突然不審を示す声を上げた。訝《いぶか》った中垣が顔を上げるのにも気づかないまま、次第に彼の眉間《みけん》は険しくなる。

「あの……え？　どう――」

そうして、問いかけの声が宙に浮いたあたりを見るに、唐突に通話は途切れたらしかった。しばし茫然《ぼうぜん》と受話器を眺めていた丹羽は大きく息を吸い込み、ガン！　とそれをフックに叩きつけた。

「ふっざけんじゃねえあのばかオンナ――!!」

温和な丹羽らしからぬ対応に、フロアにいる面子《メンツ》が一斉に首をめぐらせたのち、口々に「またか？」と尋ねてくる。

「まただよ、また!!　くっそ……私用で電話かけてきやがったくせに偉そうにっ」

おそらく、かなり失礼な言い草で一方的に電話を切りでもしたのだろう。同情と怒りの入り交じったため息が、誰からともなく零《こぼ》れていく。

「……すいません、丹羽さん」

「いやもう、いいんだけどさあ！　中垣いねえっつったらあのブタなんてったと思うっ？『あなたいつも電話に出るのね、よっぽど暇なの？』だってよ!!」

「……うっわ」

隣のデスクにいる中垣と同期の金井《かない》がぼそりと呟《つぶや》き、まずいものでも口に含んだような表情をする。

丹羽が口にした言葉はすべてが嘘でもなく、課長は現場回りでそのまま直帰予定であった。監視の目のない部屋の中で、なんとなくわらわらとひとが集まってきた。

「中垣も災難だなあ……」

色男は辛いね、などとからかわれていたのははじめの内だけで、最近ではこの部署全体が、佐藤《さとう》の襲来に怯《おび》えきっている。

どれほど袖《そで》にしても食い下がり、連日中垣あてに私用電話をよこす佐藤八重子《さとうやえこ》は、あまりの傲慢《ごうまん》な物言いと態度から、この開発部の中でも既に充分に忌み嫌われる存在と成り果てていた。

「そんで『もういいわよ、使えないわね』でガチャンだぜ⁉　なんだよありゃあ‼」

「ほんと、申し訳ないっす……」

胃の縮むような気分で頭を下げれば、おまえが謝ることじゃないよ、と丹羽はため息を吐いた。

「元はって言えば、俺があのコンパに呼び出しちまったせいだもの」

気にすんな、と肩を叩かれ、いよいよ中垣は恐縮する。

（ほんとにまいる……）

このところの「ストーカー・サトウ」顚末《てんまつ》での救いといえば、男だらけの部署内で、あまりといえばあまりな佐藤の態度に全員が一致団結して腹を立てていることだった。

下手をすれば、面倒を持ち込んだと恨まれても仕方がない状況だけに、幸いなことと思う。雰囲気は少々オタクっぽいが、だからこそすれておらずひとのいい連中ばかりの仕事場が、中垣には心底ありがたい。

また、男前で能力のある中垣になんとなく感じていたとっつきにくさを、この顚末がやわらげているらしいのも事実だった。深刻に困ってはいるが、端ではなんとなく笑える事態であるものだから、中垣自身も真剣に悩むにも対処するにも術《すべ》がないのだ。

いいのか悪いのか、と中垣は苦笑し、それでもさほどの行き詰まりを感じていない自分には気づいていた。

律《りつ》を泣かせてしまった先週のあの夜以来、常とは違う中垣を心配したあの恋人は、しばらくの間だけど頼み込んで韋駄天《いだてん》のバイトの休みを増やし、却《かえ》ってちょくちょくと泊まりにくるようになっていた。

おかげで現金な話ながら、いたって中垣の機嫌はいいのだ。

この日も韋駄天に寄って、律のバイト上がりを待って一緒に中垣の部屋に戻る約束になっている。

早めに引けてしまう律に、宮本《みやもと》店長は少々困った顔をしたものの、かつて自分がしでかしたことの尻《しり》を拭《ぬぐ》ったのが中垣と律のふたりであるから、強く出られるわけもない。

おまけにそのツケを払え、さぼるなと、きつく言い渡しているのもあの直海《なおみ》だから、彼が逆らえるはずもない。

恨みがましく睨まれたところで、あれは宮本の自業自得だ。

「……今日は定時で帰れるかなあ」

五時を回った時計を眺めて思わず中垣が呟けば「なんだよ、また彼女かよ」という冷やかしがあった。

「大体、中垣に彼女がいねえわけないじゃんね。あいつもさっさと諦めりゃいいのに」

丹羽の呟きに、そうそう、と相づちを打つのは開発部一の古株、柿田《かきた》だ。そして彼はおもむろに、「中垣のカノジョってどんな子だ?」と尋ねてきた。

「なんですか、柿田さんまで……」

鼻白んだ中垣に、いいじゃんいいじゃんと金井がせっつく。

「やっぱり可愛い? それとも美人系?」

「この手の男は美人系だろ」

「いやわかんないっすよ、案外ロリータとか」

「中垣は才媛《さいえん》じゃねえの。年上の、サイショクケンビの」

中垣をとり残し、やいのやいのと交わされる会話に、ここは女子校か? と突っ込みを入れたくなった。

「なあ、どうよ？　どんなん？」

レポーターよろしく悪怯《わるび》れもせずに聞き出そうとする金井に覗《のぞ》き込まれ、放っておくとどこまでもエスカレートしそうな詮索《せんさく》に、仕方なしに口を開く。

「……ふたつ下で、まだ学生で」

しらっとした表情で、中垣は言った。

「おっとりしてて、ちょっと抜けてるけど、やさしくて、可愛いですよ」

おお、意外に言うねえ！　となんだか嬉しげに相好《そうごう》を崩した金井は、すかさず畳みかけてくる。

「それ、顔が？　性格が？」

もうこうなったら、とふてぶてしくにやりと笑い、しゃあしゃあと中垣は言い切った。

「顔も、性格も。……あと、他もいろいろ」

「えっ、えっ、ナニナニそれー！」

いろいろ、のあたりに含みを持たせると、案の定若い金井は身を乗り出してきたが、中垣は笑って「もういいでしょ」と話を切り上げた。

「仕事しましょうよ、柿田さんも」

勘弁してくださいよ、と促して腰を落ち着けた中垣に、これ以上の追及は無理かと、なんとなく物足りない顔をしてそれぞれが席に戻っていく。

これで明日あたりには「中垣遼太郎《りょうたろう》のカノジョ」の話題が社内に蔓延《まんえん》していることだろうが、それがいっそ広報部まで届いて佐藤が諦めてくれないものかと、ふと中垣は考えた。

（……無理だろうなあ）

どうにもあのスタッドレスタイヤ並みに厚い面の皮と神経には、この程度の噂など蚊が刺したほどにも感じられないだろう。中垣の思考を読み取ったかのように、丹羽と金井は同じようなことを会話に上らせていた。

「……はっきり言ってもだめなのかねえ」

「言ってもわかんないっしょ、ああいう思いこみ激しいのは。……なにが恐ろしいって、自分がいい女だと思ってるとこだよな」

「鏡見て出直せっつの」

仮にも女性にたいして遠慮もなく言う容赦ない言葉に、中垣はパソコンに向かいながら無言で肩を竦《すく》める。

（……ああいうのはなあ、なんだか……）

ひとに対する選《え》り好みも好悪も激しい中垣だが、容姿という外見的な部分を口に出して攻撃するのは憚《はばか》られたし、中傷めいて好きではない。

最も佐藤の場合、容姿のインパクトを吹き飛ばすほど性格が強烈なので、同情には値しなかった。中垣が不気味に感じるのは、佐藤の外見や美醜の問題ではなく、あの、徹底的にひとの話を聞かない、自己中心的な行動と、思いこみの激しさなのだ。

たとえ彼女が比良方《ひらかた》ばりの美女であったにしても、あの性格と行動ではごめん被る。律の影響も多少はあるかもしれない。きっぱりと面食いだと言い切る割に、老若男女問わず愛想がいいところを見るに、彼の言う「顔」は持論どおり「表情」のことかもしれないと中垣は思う。

(……仕事するか)

埒《らち》もないことに気を取られていては、せっかくの定時退社のチャンスもふいになってしまう。とはいえ先週は佐藤の待ち伏せを避けるためにわざとぎりぎりまで残業して居残っていたから、仕事もあらかたメドがつき、立て込んでいるわけではない。

冗談めかしてとはいえ、力いっぱい大っぴらに惚気《のろけ》た恋人に早く逢《あ》うためにもと、ディスプレイに表示された見積もり計算ソフトの集計表を、真剣な顔で眺める中垣だった。

＊　＊　＊

思惑というのは往々にして外れるものだ。

定時退社のつもりが、終業五分前になって突っ込まれた見積もりの手直し作業に追われ、どうにか片づけてふと気づけば時計は八時を回っていた。

急いで片づけをはじめた中垣に、「カノジョ待たせんなよ」という声がかかる。

「お先に失礼します」

冷やかしには笑ってみせただけで、ブリーフケースを摑《つか》んだ中垣は長い脚でフロアを横切り、吐き出されるわずかの間を惜しむかのようにタイムカードを引き抜いて、一階の出口へと向かった。

夜空に見える星の並びに夏の訪れを感じ、温まった外気に息苦しさを覚えて軽く伸びをする。忙しさに紛れて身体《からだ》を動かしていないせいか、こきりと首が鳴って、なまった筋肉に舌打ちする。

(運動不足だな、完全に)

そのうち律を誘ってスカッシュかテニスにでも行こうかと思いつつ、IDカードを胸から外した中垣は、遠目にも間違いようのないボリュームのあるシルエットに、貧血を起こしそうになった。

「げっ」

ぽつんと立ちすくんだその人影は、さすがに今日ばかりはいないだろうと思っていた、佐藤八重子だった。

(なんでいるんだ!?)

居留守はばれていたということだろうか。一瞬、いっそ裏口に回ろうかと思った中垣だったが、その逃げ腰の姿勢に瞬間的な怒りが沸騰する。

(冗談じゃない……っ)

なぜ自分が逃げ回るような真似をしなければならないのか。いい加減迷惑だということが、あの女にはわからないのか。

腹の奥に熱した鉛の入ったような不快感を堪《こら》え、大股《おおまた》に中垣は歩きだす。

「……あ、中垣くん」

近づいた大柄な男に、佐藤の顔がぱっと明るくなる。中垣があからさまな不快さを隠しもせずじろりと睨《ね》めつけても、怯《ひる》む様子さえ見えない。

しかしそれにしても、ここで待ち伏せられるのも片手の数を越える。

横浜本部に出勤のはずの彼女が、大きく路線を違《たが》えるこの開発部にこれほど何度も姿を現すのはもはや執念としか言いようがなく、不気味な悪寒を覚えて、蒸し暑いはずの夜にぶるりと鳥肌が立つ。

「こんばんは、今日は暑いわね」

「……」

今まで取って付けたように述べられていた、偶然だの取材の打ち合わせだのの言い訳が嘘っぱちなのは百も承知だったが、佐藤は今回なんの理由も口にしなかった。

さすがに白々しいと思ったのか、それとも持ちあわせのそれらが底をつきたものか、それは中垣には窺《うかが》い知ることはできない。

(居直ったってことか……?)

それはそれで自分が彼女の行動を容認したように思われているのかと中垣は不快になるが、険のある一瞥《いちべつ》の後はいらえも返さず脇を通り過ぎていく。

「あ、ちょっと……」

無視を決め込んだ中垣に、めげることなく佐藤は後をつけてくる。その気配を感じただけで、首筋がざあっと粟立《あわだ》つのを知り、中垣は唇を嚙《か》みしめた。

(もう本気でストーカー行為だろう、これは)

男の帰りをこうして何時間も待ったり、行く先々に出没する彼女の行動は、好意を持つ相手であれば健気《けなげ》とも言えるだろう。しかしもはや中垣にとって恐怖と嫌悪感を煽《あお》るものでしかない。精神的には充分に打撃を受けているものの、さりとて実害もない今、なんの対処のしようもないことがストレスに拍車をかける。

歩調を速め、半径一メートル以内に彼女が近づかないよう意識しながら、逆に気配には敏感になる自分が腹立たしい。

駅ビル側の自動改札に定期を滑り込ませ構内へ早足に歩きだすと、目の前にある鏡張りになった柱に、見間違いようもないインパクトのある彼女の姿がまだ映っている。

まさかと思っていれば、自動改札を通り抜ける佐藤の姿が、悪夢のように中垣の視界に飛び込んでくる。

（ついてくる気か!?）

冗談じゃない、と人混《ひとご》みを掻《か》き分けながら、目当ての路線のホームへ急ぐが、蠢《うごめ》くひとの流れから頭ひとつ抜きんでているおのれの長身は、どう考えても見つけるのにたやすい。

背が高いことを、今まで生きてきてこれほど呪《のろ》わしく思ったのは初めてだった。

帰宅ラッシュに鮨詰《すしづ》めの車内で、横幅の割にさほど大柄でもない彼女の姿は見えなかったが、吊《つ》り革の上のバーに掴まった中垣のことは向こうからは見えているのだろう。

ざわざわと冷たいものが背筋を駆け抜け、ついで猛然と腹が立った。

（なんで俺がこんなことにびびらなきゃならないんだ!?）

執拗《しつよう》な佐藤に一瞬でも怯えたことが不愉快でたまらない。中垣はこめかみに青筋を浮かせるほど苛立《いらだ》ちながら、乗り換えの駅に着くまでと、じっとその嫌悪感を耐える。

（まいてやる……）

佐藤はおそらく、このまま中垣が自宅のある駅まで乗っていくのだと思っているだろう。

韋駄天のある街までの路線変更で追跡を躱《かわ》そうとひとり決めた中垣は、ひといきれに汗ばんだ襟元《えりもと》のネクタイを緩めた。

ひと駅、ふた駅と胸の裡《うち》で指折り数え、目当てのホームに滑り込むまで、中垣はそ知らぬふりでいた。

ぞろぞろと入れ替わりはじめるひとの波に押され、仕方なく入り口にたたずむ素振りで、用心深く佐藤の姿を探す。

そこまで気を張るおのれの姿は滑稽《こっけい》で、なんだか馬鹿馬鹿しいような気もする。だが、これはこれで真剣な勝負所なのだと強く思い、ひたすら好機を待った。

発車のアナウンスに駆け込む人々があらかたドアへと身を納め、ドアが閉まる直前の圧縮された空気の抜ける音を耳にした瞬間。

（……よし！）

今だ、と中垣は勢いよくホームへと飛び出した。

「おいっ、ふざけんなっ」

「きゃあっ」

強引な動きに背後から抗議の声が上がったが、もう知るものかと、そのままホームを駆けていく。

走りだした電車を見送り、人影も疎《まば》らになったホームで膝《ひざ》に手をつき大きく息を吐くと、思わずといった呟きが零れる。人垣に揉《も》まれて汗ばみ、皺《しわ》になったスーツの上着をばさりと翻すと、清々しい風が通り抜けた。

「や……っ、た！」

強《こわ》ばっていた背中からどっと汗が吹き出し、脱力感を覚えた中垣が顔を上げた瞬間だ。

ゆるんだ頬の筋肉が、絶望に再び強ばるのを感じ、彼は呆然《ぼうぜん》と呟いた。

「なん、で……」

逃れたはずだったのに。不気味に執拗に迫ってくる女は、なにを思うのかわからない顔で微笑《ほほえ》み、息を切らせた中垣をじっと見つめていた。

その一瞬の内に、安堵《あんど》の高揚が消えていくのを感じ、中垣はただ青ざめる。

「……すごい汗ね」

愕然《がくぜん》と目を瞠《みは》り、信じられない事態に硬直していれば、佐藤は中垣の傍近くまで歩み寄ってきていた。馴々《なれなれ》しく、自分のハンカチで中垣の汗を拭おうと伸ばされた指から、振り払うように逃れる。

「よせ」

もう取り繕うこともできないままの中垣の表情は、あまりに険しいものになっていた。

「どうしたの？　怖い顔して」

佐藤はその反応に一瞬むっとした表情を覗かせながらも、すぐにまた卑屈とも取れる薄笑いを浮かべた。

「なんなんですか、あんた」

「なにが？」

もう嫌悪と不快さを隠しもせず、いびつなその笑みを中垣は睨みつける。

「なんだっていちいち俺の後をつけ回すんだ、いい加減にしてくれっ！」

次の電車を待つ人々が、大声を出した中垣を仰天したように眺めている。それだというのに、佐藤は一向に応えた様子もなく、へらへらとした薄笑いを浮かべるばかりだ。

「あら、目上の人間をあんた呼ばわりは感心できないわ」

あげく、しゃあしゃあとした風情で口を開く佐藤に、中垣は怒りのあまり脳が真っ赤に染まったのではないかと感じた。

「……ストーカーじみた真似する人間に払う敬意はない」

恐ろしく低めた声で、吐き捨てるように言った中垣の瞳は、怒気以外のなにものでもない色に染め上がっている。しかし、その口調にも視線にも、佐藤はまるで怯まなかった。

「嫌だ、そんな、ストーカーなんて……」

大げさね、と笑う女は、もう中垣の知らない生き物のようにさえ思えた。

「あんた、おかしいよ」

射殺すかのような眼差《まなざ》しで睨みつけ、そう吐き捨てた後、中垣はきびすを返した。

これ以上、なにを言う気にもなれない。どこか神経がいかれているとしか思えない相手へは、どんな憤りの言葉を向けても無駄なことなのだろう。そうして無言で乗り換えのための連絡階段へ向かう中垣の後を、それでも佐藤はついてきた。

「待ってよ、ちょっと。失礼じゃない」

おのれを一切省みない女の言い草に、もはやひとかけらの言葉さえかけたくはなく、中垣はそのまま早足に進む。

駅を下り、細い路地を歩きはじめた中垣の後を、やはり佐藤はひたすらについてきた。

（やっぱり来るのか）

おのれの方を見ようともせず、引き結んだ唇から一言も発しないままの険しい顔の男に、彼女は一切臆《おく》する様子もない。無視されたまま、それでも小走りになってまでついてくるこの女の行動は、一体なにが原動力だというのだろう。

（わかりたくもない）

うんざりしながらそう思い、全身から怒気を噴き出したままの中垣は目的の場所へ辿《たど》り着いた。見慣れたのれんのかかった店に、背中を曲げながら滑り込んでいく。

「へーい、いらっしゃい」

狭い店に入ればまず宮本の声がかかり、そしてこの間と同じように、入り口付近に腰掛けた直海と比良方が会釈をしてきた。

「はぁい、中垣さん」

「……どうも」

「あら、景気悪い声」

トーンの低い中垣の声に、比良方はきれいに整った眉《まゆ》を訝しむようにわずかに上げる。だがもとより詮索好きではない彼女は、軽く首を竦めただけで、いつものように直海と話し込みはじめた。

「……、いらっしゃい」

しかし、その後続いて入って来た人物にまず気づいた宮本が顔を顰《しか》め、つられて振り向いた比良方は、ぎょっとしたような表情だ。その姿を横目に眺め、これはこれですごい絵柄だ、と中垣はもはや遠い意識で感じ取った。

（ある種、対極だな……）

佐藤と比良方の対比は凄《すさ》まじく、もはや同じ女性の括《くく》りに入れられるものではない。いっそ哀れささえ覚えたような表情で、店の中にいる人間たちは静かに目を逸《そ》らしたが、むしろ挑むような表情を見せたのは佐藤の方だった。

「なに？」

つん、と顎《あご》を反らすという、奇妙に芝居がかった仕草で比良方を睨む佐藤に、劇団女優はますますその美貌《びぼう》に驚きを浮かべ、中垣は鼻白む。

カウンターの奥に立ち、常連と話し込んでいた宮本も、中垣の纏《まと》う気配に常にない緊張を感じたのか、この男にはめずらしいような表情で片眉をつり上げ、驚きを隠さなかった。

その表情を受け止め、中垣は腹の奥から奇妙な笑いがこみ上げてくるのを知る。

「なんだよ、宮本さん」

「ああ？　……いやあ」

空々しい中垣の明るさに、宮本は困ったように唸《うな》った。

背後の人物を完全に無視した中垣は、カウンターに腰掛けようとして満席なのに気がつき、低く舌打ちしながら、仕方なくテーブル席へつく。

「いつもこんな店に来るの？」

当然の顔で向かいに座る佐藤に問いかけられても、当然無視する。そのまま一瞥もくれようとしない中垣に、顔馴染みばかりの狭い店は奇妙な緊張が漂う。

わざわざ身体を横向きにして腰掛け、向かいにいる相手を徹底的に無視しているその姿は大人げなく、そんな彼の姿はひどく、奇異に映った。

ましてその向かいの席には、不機嫌な中垣へと熱っぽい視線を送り続ける、唇を笑みの形に歪《ゆが》めたままの女がひとり。

およそ中垣が連れ歩くとは思えない手合いの彼女の姿にも、皆戸惑っている。

「あー……なんにする？　遼」

宮本がめずらしくオーダーを尋ねるのも、中垣が目の前の闖入者《ちんにゅうしゃ》をどう思っているかがあまりに明白だったせいだろう。

「適当に頼む」

中垣は普段からあまり愛想がいいとは言いがたく、人間の選り好みも激しい方だが、基本的には礼儀正しい方だ。人前に険悪なそれを晒《さら》して平気なほど恥知らずではないし、また動じている部分を他人に見せるのはプライドが許さない。

そんな彼を熟知する友人たちは、そんな彼の異様なボルテージを敏感に感じ取り、どうしていいのかわからなくなっているようだった。

(どうなってんだよ……)

(さあ……?)

潜めた声でこちらを窺う面子に、申し訳なさとこんな醜態を晒す自分のまずさを詫《わ》びたいと思ったが、もはやそうした気遣いをする余裕もなかった。ただ忙《せわ》しなく煙草をふかし、行き場のないような憤りをじっと腹の中で堪えていることしかできない。

こちらを窺っていた直海が眉を顰《ひそ》めるのは、佐藤の存在もその容貌も、彼の美意識の高さにそぐわないものであったからだろう。

(なんでこんな女連れてきたんだよ)

(知るかっ)

胡乱《うろん》な目つきで中垣にそう訴えてくる直海に、こちらも睨むような眼差しで自分の本意ではないことを知らせたが、彼はさらに唇を歪ませるばかりだった。

(くそっ……)

先ほどまで賑《にぎ》わっていた店内はしんと静まりかえり、宮本の扱う包丁の音だけが響く。空気は重苦しく張りつめ、中垣の苛立ちがピークに達しようとした時だった。

「いらっしゃいませ」

意外なことに、その張りつめた空気を緩ませたのは、おそらくこうした事態が一番苦手だろうと思われていた、律だった。

「どうぞ」

「ああ……」

やわらかい声の持ち主は、少しためらった様子でふたり分の水を運んでくる。

「遅かったんだね」

「ちょっとたてこんで。悪かったな、待たせて」

「どうせ仕事中だもん、別にかまわないけどさ……」

さらさらと括った髪を揺らし、中垣の表情と、傍《かたわ》らの佐藤をちらりと窺った律は、なにか思い当たる筋があるような、ひどく心配そうな視線を向けてくる。

「遼……中垣さんの、会社のひとですか？」

困ったように眉を下げたまま笑って尋ねた律に、佐藤は尊大な態度で「ええ」と返した。

これか、というように小さく吐息した律は、今度は中垣に言葉をかけた。

「ね、あの……」

言いよどんだ律が、中垣の不機嫌そうな表情に向ける瞳は揺れている。いらいらとささくれていた中垣にとって、今そのやわらかな情を与える眼差しはあまりに甘い。

「ん？　なに？」

その瞳に映る自分に安堵を感じて、取り繕うためでなく、中垣は静かに微笑を返した。ほぼ無意識のそれは、疲弊した神経をやわらげてくれた恋人に対しての感謝と愛情に溢《あふ》れ、中垣の普段は冷たい印象を与える面差しを、蕩《とろ》けそうにやさしげなものへと変化させた。

「……別に、なんでもないけど……」

その笑顔に、律の顔がうっすらと赤くなった。実際、赤面ものの甘ったるい表情を浮かべてしまったことには気づいていても、中垣はいつものようにそれを改めようとはしなかった。

通常、律とふたりきりの時以外に人目に触れることのないその微笑、あからさまなそれに対して宮本は苦笑し、直海は呆《あき》れたようなため息をつき、比良方は面白そうににやにやと、形いい唇をわざと下品に歪ませていた。

そうして、息を呑む佐藤は取り繕っていたような表情を一変させる。

「ちょっとっ、オーダー取ってくれないのっ⁉」

ぎりっと奥歯を嚙んだ後突然声を荒げた佐藤に、赤面していた律はぴくりと竦み、目を丸くする。

「あ、……すいません、お決まりですか？」

困ったように眉を下げつつ、それでも笑みを浮かべる律に、ふん、と佐藤は鼻息を荒くした。

「その前に、メニューとかないの⁉」

さらに声を荒げ、いらいらとテーブルを叩く指先はきれいなネイルアートが施《ほどこ》されていたけれど、纏う服にはまるで合わない色使いだ。

「あの、えっと、うちはそういうのは置いてないんですけど……」

敵意剝《む》き出しの視線と声音に、律は困り果てたように壁にあるお品書きを指差した。その華奢《きゃしゃ》な姿を検分でもするように睨めつける佐藤の細い目は、糸のように引き絞られている。

(まずったか)

うっかりと気を緩めたことで、どうも矛先が律へと向いてしまったようだと、中垣は一瞬焦った。

不快げな彼女は、中垣と律の間に流れた、ただならぬ雰囲気を敏感に感じ取ったのだろうか。それとも、男でありながらどこか頼りなく線の細い律の華やかな容姿に、見当違いの嫉《しっ》妬《と》を覚えたのかもしれないが、いずれにしろ律に敵愾心《てきがいしん》を持ったのは否めない。

(律……)

厄介《やっかい》な、と舌打ちをして、早く下がれと目線で律に告げるけれども、なぜか目顔で中垣を制した彼はそこから去ろうとはしない。

「こちらから決めていただけますか？」

「……ろくなものないじゃない」

吐き捨てるようにいった佐藤に、店中がざっと殺気立つ。長い睫毛《まつげ》に縁取られた直海の瞳がぎらりと凄味を増したが、そちらは比良方が肩を叩いて押し込めたようだった。

「すいません、今日はもう大分遅いので、品切れも出てしまいまして」

以前は他愛なく、酔客にからかわれてふて腐れることもあったのに、態度の悪さを見せつける佐藤にそれでも笑ってみせるあたり、律もプロ根性がついてきたと見える。

「ふん……まあしょうがないわよね、こんなところじゃ」

対照的に、壁に眇《すが》めた目を向けた佐藤は、一重瞼《ひとえまぶた》で睨むように顔を歪めた自分の顔がどれほど醜く映っているのかは気づいていないのだろう。今までにも彼女を好ましいと感じたことなどなかったが、あれで中垣の前では必死の笑顔を浮かべている姿ばかりだったといまさらに気づかされ、性格の悪さを丸出しにした醜悪な表情にますます胸が悪くなった。

「ん？」

ふわり、と怒らせた肩にやさしいものが触れる。眉を寄せた中垣に、律はこっそりと指を伸ばし、硬い二の腕のあたりを宥《なだ》めるように撫《な》でていた。その暖かい接触に、目の前の女に与えられた胸の中の不愉快なしこりが溶け出していく気がする。

（さんきゅ）

疲れた表情が隠せないまま、それでも律になるだけやさしい瞳を向けると、彼は小さくかぶりを振った。そのやりとりに気づいたのだろう。佐藤はまた甲高い声を上げる。

「……このカツ定食？　これひとつ」

「かしこまりました」

その後、これこれ、と注文する佐藤が引き歪めた恐ろしげな瞳で睨むのにも、律は穏やかにハイハイと頷いて、意外にも大人らしいところを見せつける。

律と佐藤は一回り以上も違うはずなのに、その余裕の度合いを比較すると、どちらが年配なのかわからなかった。

（大人になったなあ……）

覚束《おぼつか》ない対応をする彼に、一から客あしらいを教えた身としてはいっそ感慨さえも覚えた中垣がじっと律を見つめていると、見慣れない少し大人びた微笑が返された。

「りっちゃん、お代わりくれるー？」

「あ、はあい」

頃合いを見計らっていたとわかる比良方からの声に、ほっとしたように明るく笑って、細身の身体が呼ばれた方へ向かう。にこやかに世間話をする律に冷や酒片手で視線を向けたままの中垣は、緩んだ表情を隠しもしない。

「ねえ、中垣くん……ねえってば」

呼びかけは相変わらず無視したまま、手酌《てじゃく》で杯《さかづき》を干す中垣の横顔には取りつく島もなく、佐藤の恨みがましい視線がべったりと頬に貼りついていた。

テリトリーの違う場所ではさすがの佐藤もおとなしくしているかと思いきや、そんな状態でそっぽを向いたままの男に、めげることなくなんのかのと話しかけている。

「ちょっと、誘っておいて無視はないでしょう」

(誰がだ!?)

「あなたちょっと態度悪いんじゃない?」

(おまえに言われたくない)

それどころか、一切の返答をしない中垣相手に、佐藤はお得意の妄想で「誘われたのにつれなくされる可哀想《かわいそう》な女」というポジションの自分を設定したのだろう。ひとの話を聞かないどころでなく、脳内変換が彼女の得意技とはもう嫌と言うほど知っている。

そしてまた、滔々《とうとう》とした話がはじまるのだ。

「まあいいわ、ところでね、この間の話なんだけど——……」

むかむかとするままに意識をシャットアウトしているため、なにを言っているのかは完全に中垣には聞こえなかった。どうせ自慢話と、他人の中傷誹謗《ひぼう》に決まっている。呆れたようにこちらを見た直海の表情から察するに、それは間違いないようだった。

実のところ、無視を決め込むという行為も結構疲労が募るものだ。相手に対する憤りが深いほどに、いっそ「黙れ!」と怒鳴ってやりたい自分を堪えるのが骨になる。

「お待たせしました」

「ああ、ありがとう」

いい加減限界を感じはじめていたが、律の運んできた食事をテーブルに並べられてはいつまでも横向きの姿勢でいるわけにいかず、中垣は渋々と正面に向き直る。

鰹《かつお》の叩きに里芋《さといも》とイカの煮つけ、赤だしというメニューに箸《はし》をつけると、見たくもないのに下品な歯並びでヒレカツにかぶりついた佐藤の姿が視界に入り、せっかくの宮本の心尽くしが、中垣の咽喉《いんこう》をつかえさせた。

「律、おねがい」

「はーい、ちょっと待ってねっ」

黙々と砂を噛むような気持ちで目の前の料理をあらかた片づけ、中垣が空の銚子《ちょうし》を掲げると、元気のいい声が返ってくる。

ポケットの煙草を探り、テーブルに置かれた灰皿を引き寄せると、いつの間にか目の前の女は口を噤《つぐ》んでいた。

（さすがに懲りたか？）

ひたすら無視し続ける中垣の態度にもう、取り繕う気力もないのか、ぶっすりと不機嫌な佐藤の顔が眼前にあった。そんな顔をされても、無理矢理ついてきたのはそちらの方だろうと中垣は黙殺する。

というより、これまでも散々素っ気ない態度を取ってきたはずなのに、いまさらなぜそんな恨みがましい目線で自分を見るのかと、呆れたような気分になった。大体が、佐藤が中垣を不当と責める権利は、そもそもないはずだ。

「……随分、仲がいいのね」

誰を指して言っている言葉なのか、わからなくもなかったが、中垣は聞こえないふりで深くマルボロを吸いつけた。

「あなた、会社にいる人たちに、あんな顔見せたことないのに。……意外だわ」

店の一角にだけ流れている冷え冷えとした空気に、宮本も、直海と比良方もそ知らぬふりで固唾《かたず》を呑んでいるのがわかった。

(あとで散々言われんだろなあ……)

ぼんやりとそんなことを思う中垣に、爛々《らんらん》とした目で食らいつこうとしていた佐藤は、しかしふい、と視線を上げる。

「あの……遼さん、これ」

戸惑ったようなその声に、中垣ははっと顔を上げる。その反応に、佐藤はますます唇を歪めた。

「あなた、大学生?」

「え、……あ、はい」

そうして、この冷たい男のウィークポイントがなんであるのかを察したように、冷や酒の乗ったトレイを持つ律を見上げ、ふん、とばかにしたような目つきで笑う。唐突に話しかけられ、困ったように律は視線をさまよわせた。

「どこ？」

「……え？」

「鈍いわね、どこの大学って訊《き》いてるんじゃない！」

ヒステリックに荒げた声に、律がびくりと肩を竦め、再び店内が不穏な空気に包まれる。中垣が不機嫌なのはまだ黙っていられても、律に牙《きば》を向いた相手に対し、韋駄天の中にいる人間は一様に敵意を剝き出しにした。

「おいっ」

さすがにもう我慢も限界か、と中垣が口を開きかければ、涼やかな声がこれを制する。

「若宮犀祥《わかみやせいしょう》大よ」

口火を切ったのは、比良方だった。比良方と直海と、そして律の通う大学名は、偏差値の高さで名の通った私立大である。

「私も同じところの学生なの、りっちゃんは後輩」

律の容姿からは（失礼ながら）意外な大学名に一瞬怯んだ様子で、矛先を逸らされた佐藤は、ユニセックスな美女へと向き直った。

「あなたに訊いてるんじゃないわよ」

「そりゃどうも」

歯茎を剝き出さんばかりの佐藤に、絶対的な優越を覗かせた比良方の視線は冷たい。

「……だったら、公共の場で大声出すなんてみっともないマネ、やめれば？　オバサン」

「なんですって⁉　あんたいくつなのよっ」

「あら失礼？　オバサンの定義は、年齢じゃなく『みっともない女』ってとこだったわ」

「あなたねえっ」

（ひ……比良方女史……）

うつくしく、それだけに冷ややかな笑みと声が奏でた、中垣でさえも青くなるような辛辣《しんらつ》な言葉に、店内はしんと静まりかえる。

露骨に煽るような比良方に中垣は一瞬青ざめたが、よく見れば彼女の細い指は、がっちりと直海の脚を摑んでいた。

（直海が切れるよりましってわけか）

それにしても豪胆な女だ。ふつう、勢い込んだ男の脚を握り込んで止めるというのは考えにくいと、中垣は状況も忘れたおかしみさえ感じる。

「弥子《やこ》、離せよ……っ」

険のある声で直海が言うのに、いっそ婀娜《あだ》っぽい、しかし冷たいものを含ませたなんとも言えない目つきで比良方は笑った。

「おとなしくしててくれるんなら、いいわ」

渋々とわかったと言う直海の頭を、子供でも宥めるようにぽんぽんと叩く。

「いい子ねえ、ナオ」

「――っざけんな」

しかし、どうにか律から気を逸らそうとした比良方の行為も虚《むな》しく、ますます憤懣《ふんまん》やる方ないといった佐藤の唇は、きんきんと尖《とが》った言葉を並べ立てた。

「……だから嫌なのよ、大学生って。自分たちが一番偉いような顔でいるんだから」

「そんな……」

むろん、途方に暮れたような律を睨めつけながらの言葉だ。もうよせと、じろりと睨みつけた中垣の視線にもめげず、見当違いの攻撃を、佐藤は真っすぐ律にぶつける。

「あなたも楽しそうね、こんなとこでちゃらちゃらしてりゃいいんだから」

「……！　おいっ」

身を乗り出した中垣に、しかし黙ってかぶりを振る律は、細かく震える拳《こぶし》を身体の脇できゅっと握りしめている。

「……そうですね、楽しいですよ、毎日」

佐藤から向けられた不当な嫌みに、律は蒼白《そうはく》な顔で微笑むばかりだ。

「いい店だと思うし、来てくれるお客さんもいいひとばっかりだから。……ここに来て、大事なひととも知り合ったし」

言葉を切り、じっと中垣を見つめる瞳には、怒らないで、という願いがこめられている。

本当はこんな、行き詰まるようなトラブルは苦手で、険のある声や苛立った気配も嫌いで、ひととぶつかるのを極力避けようとする律が、どうにかこの場を収めようとするのを知って、中垣は守られている自分を感じた。

（情けない……）

見苦しい愚痴を言いたくないとか、みっともないところを見せたくないとか、格好をつけても結局、中垣より律の方がよほど、強い面はあるのだろう。

どこか、この頼りなげな彼を歯がゆく、もどかしく感じたこともあった。けれど、ただただ可愛いと愛《め》でられるばかりの存在ではないことなど、本当は知っていたのだ。

中垣がそれを、認めたくなかっただけで、そうこうしている内に、トラブルまでこうして持ち込んでしまって。

「いろいろ、恵まれてるなあと、思いますけど」

「なによ、きれいごと言っちゃって……ばっかじゃないの!?」

思うほどに動じない律に苛立ったように、長くはあるものの枝毛の多い髪を子供じみた仕草で佐藤はいじる。

こんな女ひとりあしらえない自分にも、粘着質な佐藤にも、堪えきれないほどの怒りが同時にこみ上げて、中垣は手の中のコップを握りしめ、テーブルへ振り下ろした。

「大体そんなこと訊いちゃいないわよ、ベラベラ喋ってないで仕事すれば⁉」

そうして佐藤の言葉尻にかぶり、ガン！　という音が響き渡る。中垣の形相と、彼の立てたその激しい音に、彼女ははじめて怯えたように、びくん、と肉厚な肩を跳ね上げた。

「もう、いい加減にしてくれよ」

ぎらぎらと怒りにつり上がった眼差しの中垣に、慌てたように律はとりなす。

「遼さん、いいよ……っ」

「よくねえよっ」

「だって、ねえ、……っ？」

しかし、細くしなやかな指が律の肩を摑んだことで、彼は剣呑《けんのん》な表情で凄《すご》んだ恋人から視線を外した。振り向いた先には、これも冷ややかに微笑む比良方がいる。

「言っちゃえば？　中垣さん」

「弥子ちゃんっ！」

焚《た》きつける比良方は長身で、律ともそう変わらない。彼女は軽蔑《けいべつ》しきった眼差しで頭上から見下ろし、佐藤を嘲笑《あざわら》った。

「言われたってわかるかどうか、わかったもんじゃないけどさ。こういう、場の読めないひとは」

「あんた関係ないでしょっ！　クチ挟まないで！」

ヒステリックに叫んだ佐藤に、中垣は地の底を這《は》うような声で吐き捨てる。

「この場に一番関係ないのはあんただろう」

「な……中垣く」

堪え続けたものが一気に爆発するように、中垣は目の前の女に怒鳴りつけた。

「もう、いい加減にしてくれ！　うんざりだ！　ひとの後つけ回して、テリトリーにずかずか踏み込みやがって、一体なんなんだ、あぁ⁉」

響きのよい中垣の低音は、その声量をマックスにすればびりびりと周りの空気さえ震わせた。迫力のある怒声に、さしもの佐藤もすうっと顔色をなくしていく。

「それで俺の知り合いやら友人やら、端から不愉快にさせて、なに望んでんだよ！」

「あた……あたしは別に……」

喘《あえ》ぐように告げる彼女はもはや涙目だった。中垣はいくらなんでも女相手に、こうまで激しい怒りをぶつけたことはない。

「な、なんで急にそんな……怒鳴るなんて」

「急じゃねえだろ……っ、もう俺は何度も言った！　あんたがまったく聞いてくれなかっただけだろう！」

しかしもう、女性であるとかどうとか、そういった気遣いを向けるには、相手はあまりに中垣の理解の範疇《はんちゅう》を越えた生き物だとしか思えなかった。

「いいか、金輪際《こんりんざい》俺につきまとうな！　俺は俺の生活があるし恋人もいて、それだけでもう手いっぱいで、あんたのことなんかこれ以上考えたくもなければ見たくもねえ!!」

叩きつけるようなそれに、佐藤はぶるぶると身体を震わせた。

「あ……っ」

「りっちゃん」

青ざめひきつる佐藤に、律がなにごとかを言いかけたが、比良方の指がそれを止める。そうして、彼女は黙って首を振った。

「出ていけよ！　二度と俺の周りをうろつくな！　これ以上俺を怒らせるなっ!!」

吠えるような中垣の声に、場は静まり返る。口を閉ざせば、ただ荒《あら》い呼気だけが、激しい叱責《しっせき》の名残として聞こえた。

「……失礼ね。失礼だわ」

こめかみを震わせた佐藤が泣き出すかと思った。虚《うつ》ろな表情をした彼女はぶつぶつと口の中でなにか繰り返していたが、やがてうそぶくように呟いた。

「あたしに、そんなこと言って、いいと思ってるのね」

「ひっ」

立ち上がり、にたりとするその虚ろな笑顔に、律は怖気《おぞけ》が立ったように身体を震わせる。

「もういいわ。幻滅したわ」

どういう神経なら、この場でそれを口にできるのか。

「……そうしてくれれば助かるね」

いっそ早く見限ってくれれば幸いと、ひどい疲労を感じた中垣が肩で息を吐くと、佐藤は
「いくらなの？」と笑いながら律に尋ねる。

「ちょっと、いくらなのって聞いてるでしょ！」

答えるより先、また急に怒り出した佐藤に怯え、びくりと身体を引いた律に代わり、宮本がぼんやりした声で言った。

「いらないよ」

「あら、どうして？」

散々この場所を、そして集う人々を侮辱するような真似をしておきながら、へらへらとしていられる佐藤に吐き気さえ催《もよお》して、中垣は視線を逸らした。

「……ん、まあ、ともかくいらねえ」

飄々《ひょうひょう》と笑った宮本は、どうぞお帰りください、と出口を顎でしゃくった。

「ふうん、変なひとね。まあいいわ、ごちそうさま」

それじゃあ、と出ていく後ろ姿に、店中の刺すような視線が投げられても、平然としたも

のだ。

ぴしゃん、と扉が閉じられた瞬間、誰ともつかないため息があちこちから零れていく。

「……ナオ、これまいとけ」

とん、と宮本がカウンターに置いたのは、定番ではあるが塩のはいったプラスチックケースだった。

「――二度とくんな、ドブスっ！」

結局一言も口を挟むことを許されなかった直海は、手のひらいっぱいにそれを握りこむと、叩きつけるように扉の外へと投げる。

「なんであんなの連れてきたんだよ中垣さんっ！」

「勝手についてきた」

疲れ果てたように椅子に座り込んだ中垣は、先ほどまでの怒りの余韻を持て余し、深いため息をつく。

「すみません……巻き込んじまって」

店の客全員に頭を下げると、気にするなというように顔見知りたちは首を振った。

「いいんじゃない、あーゆー神経が贅肉《ぜいにく》着てるような女にはストレートに言ったげないと」

「弥子ちゃん……」

気まずく重苦しい雰囲気の中、律を解放した比良方だけは、立ったまままきつい酒を舐めながら、へらりと言った。

「会社の人間だかなんだかしんないけど、ここまでついてこさせちゃったのは甘かったわね」

「返す言葉がないよ」

ほれ、と差し出された、彼女の呑《の》みさしのグラスを取り、中垣は気つけとばかり一気に飲み干す。

「ま、修業がたんないわよ。ああいう手合いは、砂のお城を大事に守ってんだから、そうそうにぶっ壊してやんないと」

古い映画の登場人物のようにひょいと肩を竦め、「まあ、あたしも大人げなかったけどさ」と、比良方は律に笑いかけた。

「りっちゃんが一番偉かったね。ごめんね、こっちに矛先向けようと思ったら、逆効果になっちゃった」

「それは、いいけど……」

子供にするように頭を撫でられ、まだ青ざめたままの律は困ったように微笑んだ。

「よくないだろっ、ひとっつも、全然っ、よくねえよ！」

だが、不機嫌顔の直海が雑《ま》ぜ返したことで、ふたりはいつもの喧嘩へと突入していく。

「大体おまえなんだよ、弥子っ！　ひとのこと止めといて、てめえが喧嘩売るか！」

生ビール

「ナオはすぐ手が出るじゃん。暴力はまずいじゃない」

「おまえは存在自体が暴力だよ！」

ぎゃあぎゃあとはじまったそれに、店の緊迫した空気が薄らいでいく。しかし、そもそもの要因を作ったことにいたたまれず俯《うつむ》いたままの中垣の肩に、おずおずと触れたのは律の指だった。

「……ごめんな、律」

「ううん……」

深く吐息した中垣はその指を軽く叩いて立ち上がる。今、この手に慰められてしまうのは、あまりに情けなくて自分を許せそうになかった。

「……ど、どしたの？」

「帰るよ、今日は」

言外にひとりで帰ると告げれば、律の大きな瞳が歪んだ。

「どうして？　だって……」

一緒に、と言いかけた律の顔が見られないまま、中垣はカウンターへ声をかける。

「宮本さん、ここに置くよ」

「おう、置いてけ置いてけ」

ささくれた神経を、これ以上律の前に晒したくない。くだらない矜持《きょうじ》を抱えた中垣に、しかし宮本はのほほんと言った。

「じゃ、りっちゃん、遼のやつ送ってって」

「宮本さぁん……」

情けない声を出した律に、不精髭《ぶしょうひげ》の店長は言った。

「どこまで送ってっても構わないからさ、その狂犬、どこぞで腹立ち紛れに喧嘩売らんとも限らんから。人様に迷惑かけないように見張っといて」

「おい」

それはまるきり、一緒に帰れということじゃないか。むっとした中垣の睨みにも、飄々とした店長は動じない。

「カッコ悪いやつあ、せいぜいかわいこちゃんに慰めてもらえや」

「ちょっと、宮本さん！」

いくらばればれでも、衆人環視の中でからかわれるのには閉口する。中にはさほど親しくない客だっているのだ。

しかし、宮本のあまりに軽い語り口と、先ほどの顚末のおかげか、冷やかすような笑いが向けられるだけだった。

いつもならば赤くなってうろたえる律は、睨むような瞳で言った。

「……一緒に行くからね」

一途《いちず》な眼差しに、ひとりにしてくれとも言えず、中垣は黙って頷くしかなかった。

＊　＊　＊

中垣のマンションにつくまで、律は他愛ない話を喋《しゃべ》り続けた。大学の友人のこと、直海の芝居のこと、店にきた客のこと。

気を使わせるのが辛くて、静かに相づちを打ちながら、地の底にめりこみそうな気分をなんとかできないものかと思うが上手《うま》くできない。

平素から落ち込むことの少ない中垣は、おのれの感情を持て余す。

「……遼さん、俺、うるさい？」

「ああ？　いや、そんなことない」

ただ、今夜の件に関して上手く立ち回ることのできなかった自分に腹を立てているだけだ。

力なく笑った中垣に、律は切ない瞳を向ける。

初夏の生温《なまぬる》い夜風がふたりを包む中、どんよりと映るすべてのものの中で、律の眼差しだけは鮮やかに、中垣の心を捕らえた。

「……もっと、なんか喋って、律」

「ん？　いいよ」

中垣の言葉を追求することのないまま、ええとね、と甘くやわらいだ声が夜道に囁くように零れていく。

その声に包まれるような気分で、疲労感の強い脚を堪えながら、ようやくふたりはマンションに辿り着いた。

汗が気になるからと、帰宅するなり交替でシャワーを浴びた。着替えのない律は、適当に見繕った中垣のシャツとジーンズを身につけていたが、細い腰には中垣のそれは緩すぎて、腰骨に引っ掛かるように止まっている。

「お湯、抜いちゃっていいんだよね」

「ああ」

バスタオルで髪を拭う律は、先に風呂を済ませた中垣に尋ねながら、浴室の電気を消す。裸足《はだし》のままぺたぺたとフローリングの上を歩いた律は、ドライヤーとブラシを中垣に差し出した。

「髪、やって」

甘ったれた仕草で頭を突き出した律に、はいはい、と中垣は苦笑する。少し不器用な彼は、自分でブローすると変なくせがつくのだといって、よく中垣に髪をいじらせる。

無意識の行動らしいが、もっぱらそれは甘えたい時や、なにか言いたくても上手く言葉が形にならない時で、グルーミングのようなコミュニケーションで触れあおうとする律の性格を表している。

「冷たいもの、なんか飲むか？」

「んーん、いらなーい」

髪を乾かしてやりながらの会話は、気持ち声が大きめになる。さらさらとしたやわらかい髪を指で梳《す》いてやれば、その感触にいまひとつ浮上しきれない気分が癒されていく。

「ほら、終わった」

「ありがと」

ドライヤーをオフにして軽く頭を叩くと、小首を傾《かし》げて律が笑う。目があった瞬間、その笑顔はほどかれ、ふつり、と会話が途切れた。

「……ん」

継目の言葉を探すよりも早く、どちらからともなく腕を伸ばして抱きしめ合う。腕の中で身じろいだ律は、首を伸ばして中垣の唇に淡いキスをくれた。

「……ベッド行く？」

耳元で囁《ささや》くと、こくんと頷く。ついばむような口づけをしながらベッドに腰掛けると、律の潜められた声が耳元をくすぐった。

「……機嫌、なおった？」

「んー……」

正直に告げるわけにもいかず困った中垣が曖昧《あいまい》に笑ってみせると、律はほのかに温かい湯上がりの指で下ろした髪を何度も梳いてくる。誘われるようにもう一度唇を合わせ、隙間をなぞった舌先を、律の唇が引き込むように吸った。

「ごめんな、律。俺のせいで嫌な気分にさせて」

次第に深くなる濡《ぬ》れたキスの合間に囁けば、ううん、と首を振った律はぽつんと呟く。

「俺はいいんだけど。……ああいうひとは、俺、なんか可哀想かなって思う」

「……どうして」

意外だと声を上げれば、律はどこか寂しそうな表情で、まだ怒りの抜けない中垣の眉間を指でつついた。

「ああいうふうに偉そうに、虚勢張ってなきゃ、きっとだめなんじゃないのかなあ……」

誰にも好かれることのない自分を、本当は知っているのじゃないか。

せめてそれを見ないふりでいて、傲慢《ごうまん》に振る舞うしかできないのじゃないだろうか。

「怒っちゃうのも、なんだか、却って可哀想だったよ」

律らしい、やさしい言葉だった。だがそれはどうにも、中垣を苛つかせるだけだ。

「あの女がそんなタマかよ」

吐き捨てるように言いながら律の身体をシーツと腕に挟み込み閉じこめると、やっぱり可哀想だなあと小さな声で言った。

「遼さんに怒鳴られて、そんとき一瞬だけど、彼女、泣きそうな顔したんだよ？」

遼さんに嫌われるのは、本当は辛いと思うよ。

まるで中垣を責めるような律の言葉に、反射的にかっとなるのは、結局中垣自身が感情の整理をつけてしまえないからだ。

「なんでだよ!?　おまえに、あんなイヤミ言われて」

黙ってられない、そう言いかけた唸るような声を、細い指が塞《ふさ》ぐ。

「俺は、遼さんがそういうふうにいらいらする方が、ヤダ」

見上げる瞳が、それは中垣に対して感じる咎《とが》ではないと告げていた。

「律……」

「あのひとのこと、よく知らないくせにって思ってもいいけど、教えてくれないのは遼さんだからね？」

めずらしく強い語調の、耳の痛い台詞《せりふ》に中垣がくっと押し黙ると、律はその声音をやさしく落とした。

「……俺のことなんかはいいから、あんなに怒っちゃだめだよ。女のひとなんだから。それに……会社のひとなんだから、立場とか悪くなったらどうするのさ」

泣き出しそうに歪んだ表情は、精一杯中垣を想っていてくれる証《あかし》のようで、痛ましさといじらしさに胸を掴まれる。

「……律が心配することじゃないだろ？」

自然に潜めめられたやわらいだ声に、癇癪《かんしゃく》な子供のように律は首を振った。

「するよっ！　ずっと心配してたよ！　なのになんにも言ってくんなかったじゃん！　俺、ばかみたいじゃんか！」

中垣のシャツの襟元をつかみ、詰《なじ》るような言葉を吐きながらも潤んだ瞳が、律のそのきつい言葉と態度を裏切っている。

「だってなあ、あまりにも、次元が低い……」

女につきまとわれて閉口していたなどと、くだらなすぎて言う気にもなれなかった。そう告げれば、眦《まなじり》をつり上げた律に間髪を容れず、怒鳴られた。

「だからなに！」

「だ……なにって」

「ばかじゃないの、かっこつけてさあ！　理由がなんだって、あんたは疲れてたでしょうが！　くだるもくだらないもないよ、そういうことじゃないじゃん！」

普段の律からは想像もつかない激しさに、中垣もさすがにたじろぐ。

「変にくどいエッチして憂さ晴らしするくらいなら、ちゃんと言ってよ！　愚痴でもなんでも俺に言えよっ！」

当て擦《こす》るストレートな台詞に、中垣はもはや反省とともに苦笑するしかない。

「……根に持ってんなあ、律」

「持つよ、ばか！」

シーツに縫いつけられたまま、ふいにそっぽを向いた律の頰は赤かった。

怒りによる興奮か、感情が昂《たかぶ》った自分が恥ずかしいのか測りかねたが、おそらく両方だろうと中垣は算段をつける。

「ごめんな」

はじめて見るような律の本気で怒った顔は、不謹慎ながら新鮮だった。考えてみれば、喧嘩をするのはこれがはじめてなのだ。

「あの夜は、ごめん。もう、ああいうことはしない」

「ばか……」

ぽやんとしているようで、案外律はこれでプライドは高い。これ以上へそを曲げられてもかなわないと、中垣は頭を下げる。

「だから、機嫌直せよ、律」

「……えらそうに」

視線は流したままだったが、口を利いてくれることにほっとする。

「話、ずれちゃったじゃん」

伸《の》しかかっている中垣にどいてくれと言うように、両肩に細い腕がかかるが、聞いてやれずに抱擁を深める。

「ちょっ……もう、誤魔化すなってば」

「誤魔化してない……もうちょっと、こうしてて」

律はしばらく腕の中でもがいていたが、やがて諦めたようにその腕を広い背中へと回してきた。

「もうあれで決着ついたと思うから、心配するなよ」

「なのか、なあ」

胸の中に閉じこめた温かな生き物にそう囁けば、納得いかないようなため息を吐く。

彼女に対して見せた中垣の冷たい怒りに、いろいろ思うところもあるのだろう。苦い気分でそれを知りながら、あえて中垣は会話を終わりにしようとする。

(ずるくて、ごめんな)

結局のところ、自分はエゴイズムが相当に強いのだと感じて、中垣は胸の裡《うち》で苦笑する。できるならああいう部分は、本当はこの少し臆病なところのある恋人には、見せたくなかった。

佐藤なぞ、正直傷つこうが泣こうが知ったことではないが、律の機嫌を損ねることは自分にとって人生の重大事なのだ。

やさしく、甘やかすだけの態度でいてやりたい。怖い顔を見せて、怯えたり傷ついたりはさせたくない、これも結局はエゴなのだろう。

そんな中垣を知ってか知らずか、心地よく腕の中に納まった律はもぞもぞと身じろぎながら呟く。

「……遼さん、あのままあのひとが出ていかなかったら、ばらすつもりだっただろ」

「うーん……どうかな」

俺には恋人がいると言い切った、あの時の中垣の言葉に、律はなにかを感じ取っていたようだった。

「やめなよね。ばかなこと」

「ばかなことって……」

「ばれてもいいとか、なにも怖くないとか、そういうのは俺、あんまり好きじゃないよ」

どこか疲れたような声で、中垣の胸に顔を埋《うず》めたまま、律は頼りない声で言った。

「遼さんは強いから、傷つくのとかも平気だって言うかもしれないけど。……俺、遼さんが誰かに傷つけられるのは嫌だ」

「そんなこと……」

敵を作りやすい中垣の性分を、多くは語らなくとも、律なりに察しているようだった。

あれほどの状況で、それでも佐藤を責めなかったのは律ひとりだった。

この数ヵ月見ていて知ったことだけれど、律は他人が傷つくことを相当に嫌う。それが親しい間柄の人間であれ、通りすがりの人間であれ。

おめでたいと言われても仕方ないほどやさしい環境で生きてきた律には、確かにそれは辛いだろうし、頼りなく力ない、ある意味脆弱《ぜいじゃく》なやさしさをこそ愛《いと》しいと思う。

そして雛鳥《ひなどり》のように覚束ないくせに、傷ついてしまうくせに、瞳を逸らしはしない律の意外な向こう気の強さを、中垣は気に入っている。

だからこそ律が自分の冷たさを知っても、離れていくことはないと思えるほど自信家ではなかったし、逆に冷静すぎるきらいもある。

やわらかに暖かいものだけを与えようというのは無理があると知っているくせに、それでもそうしてやりたかった。

律のためにではなく、自分のためにだ。

「ひとりで平気とか、大丈夫とか……言わないで。俺にも、ちゃんとわけて」

そんな身勝手なものしか抱えていない男なのに、ひとりですべてを抱え込んで傷ついてほしくないと、頼りない声が願う。

「それでホントに平気なんだったら、俺……俺なんか、いらないって言われてるみたいな気がする」

「……律」

声に混じる水分が多くなったことで、律が泣いているのかと中垣は思ったが、手のひらでこちらを見るよう促した小さな顔には、涙は見えなかった。

「この間から、そういうこと言ってるな」

観念で日々の事象を捉《とら》えることがない中垣の世界は、多忙で煩雑なようでいて、シンプルなものしか残らない。

「いるとかいらないって……なんで？」

今ここでこうしていることも、律には求められている実感と受け取れないのだろうか。

彼の中にある、埋められないでいる中垣との距離感をどうしたら拭ってやれるのか。

こういうウエットな感性を持ち合わせていない分、そんな律が愛しく、また難しいとも思う。

「難しいな、律は」

吐息混じりに言うと、やわらかな頬にわずかに怯えの影が走る。杞憂《きゆう》だと知らせるために、中垣はその頬と唇に小さなキスを落とした。

「こういうの、鬱陶《うっとう》しい？」

急に不安げな表情になった律は、やはり今夜はナーバスになっているらしい。中垣は律の言葉をはっきりと否定するため、重い口を開く。

「そうは思わないけど……俺はそういう考え方そのものがないから、不思議な気がする」

指の間を滑る、心地よい感触の髪を何度も撫でながら、言葉を選んでいく。

「なんて言えばいいのかな。……律はさ、なにかもっとわかりやすく役に立つとか、そういう部分で、いる、いらないの基準を決めてるように思うけど、そうじゃないんだよな」

はなはだ要点の摑めない言葉に、もっとなにか気の利いたものはないのかと自分に呆れつつ、中垣は逡巡《しゅんじゅん》するままに言葉を探した。

「だから……具体的に、なにかしてくれることとか、役に立つとか、そんなのは、俺はおまえに求めてないんだ。……怒るなよ？　期待してないのとは違うぞ」

「うん」

中垣の言葉を一つ一つ嚙みしめるように、律は頷いた。

「ただ、もっと単純なところで、律が欲しいだけだから」

理屈じゃないだろう。そう言えば、さらにはっきりと頷く。

「言葉が矛盾するけど、居てくれるだけで助かってるんだよ、ほんとに。……そういうのじゃだめなのか？」

「……ううん」

その言葉にようやくほんのりと微笑《わら》って、強ばっていた表情を緩めた律に、ほっと中垣は肩の力を抜く。

唇をついばむと、肩に添えられた指が艶《なま》めかしく蠢《うごめ》いて、もっと深い口づけをねだる。

「……ありがと」

律が少し照れたように言って、滑らかな頬がすり寄せられる。ほぐれた気配にほっとしながら、中垣もその腕を強くした。

気持ちは多分同じ方を向いているけれど、なんといってもまだ知り合って日が浅い。

中垣は残念ながらテレパシーなんて便利なものは持ち合わせていないし、そういう意味で鈍い自分は目を見ればわかるなんてロマンチストでもない。

人間のコミュニケーションはまず言葉、それから。

「ん……」

細い腰から続く丸みを撫でると、ぴくんと律の身体が跳ねる。大きな手のひらにたやすく摑み取れる小さな尻は、引き締まっているがやわらかく、執拗に撫で回す内に細かく震えはじめる。

「ん、や……」

小さく喘いだ律の瞳が、とろりとした淫靡《いんび》な光を滲《にじ》ませ、ゆっくりと閉じられていく。

「いや？」

「じゃない……」

このところ連日抱き合うことが多かったから、さすがに無理だと突っぱねられるかと思ったが、律の腕が首筋に絡みついたことで了承を取りつけたことを中垣は知った。

「なんかなあ……この間はこればっかりじゃないとか言っといて、俺も」

自分に呆れつつ独りごちれば、その呟きを潤んだ口腔に吸い込まれる。

「いいよ……しよう？」

伏し目にした眼差しは、先ほどまでの言葉を欲しがるような子供っぽい幼さを裏切って、中垣の雄を刺激する。

「して？　いっぱい……」

ぞくりとするものを感じて背中を震わせた中垣の耳を齧《かじ》りながら、身の裡の昂りを知らせるような声で、律は囁いた。

ゆったりと中垣の脚の間を撫でた律は、抱き合ったまままくるりと体勢を反転させ、その大柄な身体にまたがってくる。

「律？」

「……舐めたげるね……？」

ふわりと目元を染めた律は、ごく小さな声で告げる。ためらわない指先がファスナーを下ろしていくのに、驚いたのはむしろ中垣の方で。

「おい、いいよそんなの」

「……あれ、いや？」

少し慌ててその腕を摑むと、不満そうな視線が投げられる。邪気のないその顔と、施そうとする行為の淫《みだ》らさのギャップが却って、いやらしさを感じさせた。

「フェラチオ、嫌い？」

「嫌いっつーか……いや、いいよとにかく」

実はあまり好みではないのだが、なんとなく言いづらくて言葉を濁すと、腹の上に馬乗りになった律がにやりと笑って顔を近づけてくる。

「……ふーん」

「り……っ？　ん……」

笑んだままの律からしかけられた濃厚な口づけに、中垣の言葉は吸い取られる。

今までの経験を知らしめる律の口づけはかなり巧みだ。つるりと滑り込んでくる舌の感触はどこまでも甘く、小さなそれでちろちろと口腔をくすぐられれば、背筋にざわりとしたものが走った。

「んふ……」

唾液《だえき》が絡んだ舌を見せ、唇を舐めながら離れていった律の唇はどこか淫蕩《いんとう》な気配を濃く匂わせた。そうして、ファスナーだけを開いた中垣の股間《こかん》に顔をすり寄せる。

「ちょっと、おい……っ」

「やだったら、今日はもうキスしなくていいからね？」

細い指先に弱い部分を搦《から》め捕られ、やわやわとそれを揉《も》まれてしまえば息が詰まる。身動きできなくなった中垣は、今までにも知らなかったような妖艶《ようえん》な仕草を見せる恋人にくらくらと目を回す。

「律……っ？」

「……こないだは俺がいじめられたから、今日は俺の番ね」

悪戯《いたずら》っ子のようにくすりと笑いながら、律は中垣のまだ力ないものを、いきなり口中に吸い込んだ。熱の高い濡れた感触に、ためらいながらもやはり快感を覚え、思わず呻《うめ》く。

「んむ」

「う……っ」

中垣はセックスの主導権を取られるのはあまり好きではなく、唇での愛撫《あいぶ》はさほど経験がない。また、かつて自分のそれを今の律と同じようにしていた女に悪戯に噛まれたこともあり、正直恐怖さえ感じていた。

だが、律の滑らかな舌は中垣のそれを蕩かすようにやさしく絡み、健康な歯列はあくまでその感触による愉悦を送り込むために触れてくる。

（うっわ……やば）

ひたひたと触れる生々しい感触、小さな水音を響かせて腰から舐め溶かされる。震え上がる背中を駆け上がるのは今までにも知らないような甘ったるい快感で、律の濃《こま》やかな舌の動きに溺《おぼ》れてしまいそうだと中垣は思った。

「……気持ちいい？」

「ん……」

深く吐息する中垣にくすりと笑った律は、尖らせた舌で先端を執拗に刺激する。複雑に両手の指を動かして、中垣の身体から熱を引き出して、視覚でも煽ろうとするように、実に卑《ひ》猥《わい》にその赤い舌をひらめかせた。

「り、……っ」

「ふふ……だぁめ」

「うっ」

長い髪を指に巻き取り、一体どこでこんな手管を覚えたのかと睨んでみせれば、淫蕩に緩ませた唇がぬめりを帯びた性器をくわえこむ。ずるり、と滑り込んでいく瞬間の不可思議な感触は、中垣からまともな思考を奪っていった。

「あ……もう、くそっ」

赤く熟れた律の唇が、滾《たぎ》ったそれを挟んで上下する光景はグロテスクにも思え、また異様なほどの興奮を覚えさせる。

「この、やろ」

「――ウンっ」

リーチぎりぎりで腕を届かせ、形よくつり上がった尻に触れると、喉奥に中垣を迎え入れたままの律が甘く鳴いた。大きな手のひらに摑むように揉めば、ふるふると左右にそれが揺れ、中垣をくわえた律の口腔の圧迫が強くなる。

「ふ……っ、ん、ん、っ」

「く……っ」

吸い取られそうな快感を堪えて腹筋で上体を起こし、律の背中に伏せるようにして脚の奥へと指を伸ばすと、硬い布地の上からもはっきりと彼の昂りが知れる。

「んだよ、律だって……」

「や、や、……らめ」

ぎゅっと掴むようにすると、苦しげなくぐもった声が聞こえ、中垣に触れた舌がびくびくと痙攣《けいれん》した。

「んッ、く……ゥ」

緩いウエストに手を差し込むと、華奢な背中がひくつく。かすかな震えを覆いかぶさった胸のあたりで感じて、中垣は知らず獰猛《どうもう》な笑みを浮かべた。

「くそ、外れね……」

「あん、ん……っ、ね、……ねえ」

奇妙な体勢のせいでジーンズのジッパーが下ろしにくい。舌打ちすると、自分で脱ぐ、という控えめな声が下方から届いた。

「じゃ、脱いで」

「ん……」

片手と唇を中垣に添えたまま、もどかしげな手つきで脱衣する律の姿は相当に刺激的で、生温かい口腔に吸い上げられる感触に負けそうになる。

「……ふぁっ」

フロントが外れたところで律の熱に指を触れさせると、もうかなりな状態になっていて、しっとりと中垣の指を潤ませた。

「随分、我慢がきくんだな……もう、ぐしょぐしょのくせに」

「やあ……っ」

どういう状態なのかを揶揄《やゆ》する、卑猥な擬態語を囁きかけると、潤んだ瞳が上目に睨んできた。

「舐めるの好きなのか？」

「やだ……あ……ん、あ、遼さ……っ」

火照るしなやかな性器は手のひらに捕らえ、緩く握りこむだけにとどめる。そうして律がもどかしさを覚える程度にしか愛撫を与えないでいると、案の定揺れはじめた腰を捩《よじ》って、頼りなく震える声を上げる。

「だめ、……って」

「ん？」

「や、あ、……ちゃん、と……っ」

両手に中垣を閉じこめて、それ以上のことができなくなった律は、背中を仰《の》け反《ぞ》らせ、シャツをはだけた中垣の腹に頬を擦りつける。腹筋を唇でついばむ、甘えるような仕草に感じて誘われつつも、中垣は意趣返しとばかりに問いかけた。

「ちゃんと……なに？」

ゆるゆると濡れた脚の間を揉んでいれば、ふるふると首を振った律は泣き出しそうな声でねだる。

「こすってぇ……っん、あ！　あぁ……っ！」

言われるより先、きゅうっと手のひらを締めつければ細い背中が反り返った。中垣が剝き出しにされた下肢の奥、なだらかなカーブを描く白い尻に片手を滑らせると、丸いラインがなにかを期待してきゅっと引き締まるのが見える。

「くっ……ふ、うんっ」

乾いたそこに指をあてがうと、それだけでがくがくと首筋をひきつらせる。愛撫が完全に止まった律の指の間で、激しく脈打つそれの甘痒《あまがゆ》いような痛みを堪え、中垣は汗ばんだ額に唇を落とした。

「指離して、律。……ちゃんと、キスしてくれよ」

「だ……っ、あ、口……っ」

「いいから、……ほら」

腰から手を離して促すと、とろんとなった表情で中垣の首筋に腕を回してくる。

「んー……」

「もっと、こっち」

「ん、んんっ、だ、め……んっ」

幼い仕草で口元を手の甲に擦りつけ、淡い唇が中垣の頬に触れた。追い掛けて唇を合わせれば、思うほどの抵抗感はない。

「ふ、あむ……っ、んんっ」

自身の体液を感じる嫌悪感より、律の甘い舌の誘惑は強く、やわらかな愛撫のお返しとばかりに舌を使えば、律はもうただ小刻みに震えるばかりだ。

「ふぁ……っ」

「……俺もしようか？」

吸い上げて赤く染めた下唇を噛みながら囁いた。言葉と同時に、ここをと濡れた性器を軽く擦れば、震え上がった律は上擦った声で、いらないと呟き赤くなる。

「なんで？　しなくていいの？」

「だって……っ、ふ」

たくし上げたシャツの中に指を潜り込ませ、既に尖っていた胸をいじりながら尋ねると、肩にしがみつきながら息を切らせた律は、かすれた声で言う。

「……ほんとは好きじゃない、だろ？」

「さっきまではね」

「なんで、やなの？　よく、ない？」

少し拗《す》ねたその問いに、中垣は小さく苦笑した。

「……昔、嚙まれたことがあって、ひどかったから」

「えっ？」

何気なく呟けば、律が目を丸くする。素直な表情に笑み返しながら、途中だった愛撫を身体中に広げていく。

「ケガ、……した？」

「いや。でも、その日は使いもんにならなかったけど」

息を呑みながら瞬《まばた》きを多くした律の指が、さっきまでその口にしていたものを、可哀想にと撫でた。

「痛かったよね……」

同性だけに、想像すればそれだけで寒気も覚えるのだろう。ひどいよ、と瞳を潤ませてやさしく慰撫する指の持ち主に、中垣は内心申し訳なくもなる。

（まああれも自業自得みたいなもんなんだけどな……）

なぜそんなことになったのかといえば、多分に当時の中垣にも非はあったのだ。まあそれは律にもうっすらと想像はついているのだろうけれど、追求はしないまま、指先はあやすようにその輪郭をなぞり続ける。

「……律のクチ、やさしくていいよ」

その甘い動きは含まれた瞬間の腰の抜けそうな感覚を思い起こさせて、わずかに中垣の声が上擦った。

「そ……う？」

「すごく。……気持ちよかった。腰抜けそうで」

「あはは、……エッチだなもう」

「したのは、律だろ」

そっと囁けば、それじゃあんまり嫌がらせにならなかったねと、律は照れたように目元をほころばせた。

「……今度、またして」

「するするー」

冗談めかした中垣に答えるのは、きれいな笑顔だった。

淫らな指を持ちながら、子供のように邪気のない笑顔がアンバランスで、それがたまらなくなる。

理屈を捏《こ》ねて好きだと知らしめるよりも、雄弁に気持ちを物語るために、中垣の唇は声のない告白を律に与えた。

無駄なお喋りは消え、乱れた衣服はひとつずつ互いに剝《は》がされていく。

「……んっ」

話に紛れていた愛撫の手を再開し、少し性急な気分で小さな尻を摑めば、もういい加減お互い限界を知らせるように、濡れた性器が触れあった。

「あうんっ」

「……ふ」

同時に短く喘いで、欲情をぶつけ合うようなやり方で腰を動かす。びくりと反った背中を抱いて、呼気に大きく弾む胸の上へと舌を這わせれば、律はひきつったようにしゃくり上げた。

「はふ、ふ……っ、りょ、さ……っ」

「ん?」

きつくしがみつく律は、急《せ》いたように中垣の耳を嚙み、お願い、と言った。

「うしろ……触って、……お尻して……っ」

「してるだろ」

やわらかいそこに指を食い込ませ、さらに腰を揺らしてやれば、違うと啜り泣く。ぬめったそれがぬらりと絡み合い擦れて、律の細い脚は必死にシーツを蹴って耐えていた。

「ああっ、やぁ……じゃ、なくってっ、あっ、あっ」

じわじわとそのふたつの丸みを揉みこんでいると、そのたびに狭間《はざま》の部分がきつく窄《すぼ》むのは、瞬時に硬くなる感触で知れていた。

「やんっ、あ……っ、違う、……なか……っ」

「ん。わかってるから」

「もぉっ……」

焦《じ》らすなと涙顔で訴える律に片頰で笑えば背中に爪《つめ》を立てられる。

「なんで、結局、いじわる……っ」

「んー……悪い」

唇を嚙んで睨まれても、可愛いばかりで仕方なくて、中垣は内心こっそり呟いた。

（……俺も、大概なあ）

意地悪いことをするなと言われても、泣いて焦れた後の律は特別に感じやすくて、乱れるそれも激しいものだから、ついついこうして追い込みたくなってしまうのだ。

「ね、ねえ、ゆび……ちょーだい、ゆび……っあぁあっ」

「こう？」

「ふぁ……んっ、そ……っ」

潤んだ瞳は既に、焦点がぶれはじめている。最近では身体も慣れたのか、はじめの頃に比べてやわらぐのが早くなった最奥《さいおう》に指を触れさせれば、呼吸するように口を開く。

「……っ、俺、へん……？」

「うん？」

何度かジェルを足してそこを濡らしていけば、肩に縋《すが》りついた律が濡れた瞳で窺ってくる。

「そ、……そんなとこ、いじってほしいの、やっぱり、変……？」

「いや？　なんで」

こうして、同じ作りの身体を抱くことを決めたのは中垣だ。負担の大きさを申し訳なく思いつつも、羞《は》じらった表情に歓喜を覚えこそすれ、変だなどと思うわけもない。

「お、俺ね、俺、……こんなだけど」

嘘じゃないんだよと細い指が縋りついて、続いた言葉に中垣はもう、ぐらぐらになった。

「ここ、あの……お尻だけで、いったの、……遼さんはじめて、だよ？」

「……律」

「こん、こんなこと……すごく、してほしいの、遼さんだけ……っ」

切れ切れに喘ぎながら、そんなことを言わないでほしい。うっかりとその言葉だけで達しそうなほどの喜悦を感じ、中垣は奥歯を噛んで呻いた。

「おまえ、ほんとにもう……」

「あ、んんっ！」

もう黙れ、と唇を塞いで、いささか乱暴に指を突き入れても、律の身体は甘く潤んでそれを歓待する。闇雲に突き上げてくる興奮のまま内壁を擦り上げれば、脳まで蕩かすような声で律は喘いだ。

「あんっ、あんっ、やぁ、そん、つよいっ、いっちゃう、いっちゃうぅっ」

「……だめ」

もう堪えきれないというように、中垣の引き締まった腹筋に擦りつけてきたそれを摑めば、言葉の通りしとどに濡れそぼっていた。きつく縛め、荒れた息を堪えた中垣は咎めるように染まった耳朶を嚙んでやる。

「ひあん……っ、やだぁ……っきたい、よ……っ」

「じゃ……入れていい？」

「も、はや、早く……っ、遼さ、……きてっ」

もう飲み込ませた指は三つに増えて、うねるような内部でそれぞれをてんでに動かせば、身体の下に押さえこんだ律の身体が何度も跳ねる。

「これ、ちょ、だ……おっきいの……っ」

くすんと鼻を鳴らしながら、中垣の長い脚の間に忍んでくる指、その触れ方も男を煽る言葉も声も、幼げなくせに練れている。

「一体どこで覚えたんだか」

「やだあ……！　なんで……ぇっ」

いやらしい、とわざと告げれば、今度こそ本気で律は涙を零した。けれどそのきれいな雫《しずく》にさえも、中垣は苦く笑ってみせる。

「律が悪い」

「ひど……っ」

「ひどい男は、嫌い？　いじめられるのは嫌？」

しゃあしゃあと問えば、さすがに思い当たるのだろう。ぐっと押し黙った律に、中垣は卑猥に笑ってみせる。

「ほんとに嫌なら、よすけど？」

こんなに可愛くいやらしい身体をした恋人は、本当はちょっといじめられた方が好きなのだ。あどけない顔をしてこちらを詰る瞳を向けて、そのくせ手加減していれば逆に、もっとせがんでくるくせに。

「……ずるい」

「それで結構。欲しいんだろう？」

少しくらいは勝たせてくれとこっそり思いつつ、ほっそりした腿に手をかければ、抗《あらが》いもしないで開かれる。

「ゆっくり感じて、やらしくなれよ、律」

「あ……っ」

押しつけた粘膜が、とろりと溶ける。喘ぐ胸の上にある、小さなふたつの凝《しこ》りを同時に抓《つね》ってやれば、律の薄い腹が汗と体液に濡れながら痙攣する。

「見ててやるから……」

「あ、ああ……ああ……っ！」

唇を合わせたまま囁き、緩やかに律の中に滑り込めば、薄い肉づきの身体が大きく震え上がった。

「遼さ……っ、くる、おっきいの来る……っ」

うっとりと瞳を潤ませ、しなりながら震える律の首筋のラインは、今まで抱きしめたことのあるどんな女よりも艶《なまめ》かしさに溢れていた。その蠱惑《こわく》的な身体の奥は、しっとりと濡れたまま中垣を締めつけ、吸い込むように蠕動《ぜんどう》を繰り返す。

（たまらないって……）

どんなふうに動けば甘い声を上げるのか、揺れる眼差しや震える肌に教えられながらきたけれど、まだきっといくつも、知らない顔を持っている。

相手のすべてを暴いてしまいたくなる、そんな凶悪な気持ちにさせられるのも、どこか新鮮で面白かった。

「ひゃ、んっ、……あああっ、あ、も、だめっだめっ」

律動のたびに切れ切れに上がる声が、もう限界と訴えてくる。引き延ばした快感に耐えかね、中垣の腕に爪を立てた律は、許してと泣きじゃくった。

「いっちゃう、も、いっちゃうよ……っ」

「……いいよ」

「あう……っ、ん、ん、ん、──っ!!」

中垣の抽挿を待ちきれないように、掲げた腰を突き出すようにした律は激しく身体をくねらせ、互いの身体の間に粘ったものを吐き出した。

「はふ……っ、は、はあ……っ」

不規則に痙攣しつつ、一瞬の硬直の後にくたりとやわらかくなる細い身体は、駆け上がった到達にさあっと色づいた。薄桃色に火照った肌の上、白く飛び散った精液とのコントラストが卑猥で、中垣は目を眇《すが》めて喉を上下させる。

「あ、んっ……?」

目を閉じ呼吸を整えていた律は、まだ余韻に震えたままの身体で、中垣の昂りがさらに育つのを知ったのだろう。びくりと一度震えた後、濡れた眼差しをおずおずと向けてくる。

「平気?」

「あ、あ……っ」

続けてもいいかと問えば、言葉よりも律の身体の方が先に答えをくれる。ふるふると震えた尻の奥では、中垣を急かすようなうねりが始まり、律はくしゃりと顔を歪めた。

「もっと？」

治まりのつかない身体を持て余し、恥じているような表情にひとつ笑ってやり、中垣は繋《つな》がったままの身体へ手をかける。

「うあんっ！」

「っと……」

細い脚を抱え、強引に俯せて体勢を変えさせた。悲鳴を上げた律の腰だけを高く上げ、上から伸しかかるようにして奥までを暴く。

「やっ、やっやっ……りょ、遼さ、あーっ！」

「うっわ……すげ」

深く突き上げれば、律はシーツを掻きむしった。この体位は初めてで、思うより強烈な締めつけに中垣も思わず声を上げたが、律はそれどころではなかったようだ。

「奥、きちゃうっ……ああっ、深い……っ」

壊れちゃう、と啜《すす》り泣いて指を嚙み、そのくせ逃げるかと思えば、中垣の性器を吸い食《は》む白い尻は、激しく踊るように揺らめいている。

「ここは？　……好き？　律」

「す、すき……あ、っ……！　あぁ、いっ、いいよぉ……っ」

抉《えぐ》るように腰を繰り入れると、長い髪を乱してがくがくと頷いた。粘った音を立てて混ざり合う身体、その強烈な官能に溺れる律は、もう完全にたがが外れたようだった。

「さわ、触って、ここ……っ」

ほったらかしにしておいた細くしなやかな脚の間に、手を取られ導かれていく。ねっとりと濡れたそこは、既に薄い腹につくほど反り返り、身体が揺らぐたびに震えていた。

「ここ……触りながら、して…っ、ぐちゃぐちゃ、して……っ」

「擦る？　それとも……こう？」

「あああんっ！」

質量を増した熱に指を絡め、願いの通りに濡れそぼった下肢をあやした。手のひらに握りこむようにして、根本までを強く揉みしだきながら突き上げると、悲鳴じみた声を上げた律が中垣を強く締めつけてくる。

「こう？　……もっとする？　これが好きだろ？」

「すき、……て、して……っ！　あっ……っ！」

しゃくり上げるような声で、苦しげな表情で、濡れた肌に包まれた身体の悦楽を律は教えようとする。請われるままに、濡れた屹立《きつりつ》を搾ってやるリズムと、呼応する動きで内部を突き上げ刺激すれば、びくびくと白い背中が痙攣する。

「……あァあんっ！　……いいィ……っ！　んんんっ」

叫んだ瞬間、中垣は強引に細い顎を摑んで振り向かせ、食らいつくような唇で絶頂に震える舌を味わった。

「んー……！」

「……っと」

再び大きく弾《はじ》けた身体は余韻に震え、タイミングを見計らって引き抜かれた、中垣のまだ満足を得ていないものに名残惜しげに纏わりつく。

「遼さ……抜いちゃ嫌だ……や……」

ひくひくと喉を喘がせる律の顔はもう、涙でぐちゃぐちゃだった。二度も達して、それでもまだ欲しがる淫蕩な身体は、先ほど言った通りに性器へと変わった奥深い場所でしか満足を得られないのだろう。

「待ってろって……すぐやるよ」

「ちょ、だ……っ、あ、あ、あああっ……！」

縋りついてくる身体を正面から抱きしめ直し、強引にはじめられた肉のぶつかる音がするほどの激しい抽挿にも、柔軟な律の内部は絡みつくような動きで応えてくる。

「はぁ、あっ、いい……いいー……っ」

促される解放を必死に堪えて、赤く染まった耳朶を唇に含んだ。滑らかな口当たりのそれをしゃぶると、律の内壁が驚くほど複雑に蠢き、中垣は低く呻く。

「律……律、そんなにするなよ……」

「……だめ、止ま……ない、止まんないの……やらし……の……っ」

嫌だ、と泣いて幼い言葉と仕草でかぶりを振る。

もう自分でもどうしようもないのか、濡れた赤い舌を覗かせながら譫言《うわごと》を洩《も》らしてはしゃくり上げ、絡ませた腰をねだるように揺すった。

「……可愛いな、律。……そんなにいい？」

「ん、い……っ」

もう羞恥《しゅうち》を感じている余裕さえないその仕草に、愛していると囁けば、言葉に感じて極まった表情を見せる。

「いや……っ」

「なにがいや？」

「喋っ……た、……だめ……っ」

そういえば声が好きだと言っていたことがある。何気ない時にも、耳語《じご》されるとたまらないと。

「なんで……？　感じるから？」

「い、いっや……っも、あそこ、ぐちゃぐちゃに、なっちゃ……っ」

やめて、言わないでと泣きながら、それこそぐちゃぐちゃにされたがっているのは、言葉より眼差しと、揺れる腰の動きで知れた。

だから中垣は望む通りに、その淫猥な場所をかき混ぜてやるだけだ。

唇の端を笑みに歪めて耳を齧りながら、繋がった部分の様子を知らしめるいやらしい言葉を囁くと、一際高い声を迸《ほとばし》らせ、背中に熱が走る。

「……もう、ぬるぬるだろ？」

「んや、あああっ！」

涙混じりの喘ぎと、中垣の性器を食い千切りそうにきつくなる締めつけに限界を感じて、獣じみた吐息を混ぜて囁いた。

「あ、またいっちゃう、……っいく、よぉ……！」

「もういく？　いくか？……律？」

「んっんっ、……も、ね？　遼さん、ねえっ？」

せがむそれに、出してもいいかと聞けば、壊れたように何度も頷いて、律は四肢を絡みつけてきた。

「あ、出して、なかっ、だしてっ……いっ、あぁあんっ！」

「……っ」

断続的に締めつけられ、中垣がその熱い身体の中に熱情を放つと、もう一度小さく達して甘い声を放つ。

「……っあ……」

奔放な身体と素直な心ときれいな顔立ちで、傲慢な勝者の恋愛を繰り返してきた中垣にはじめての敗北を与え、それでいてなにも奪うことのない恋人の表情は、淫らに歪んでさえうつくしく、愛しかった。

＊　＊　＊

ゴールデンウイークを過ぎ、いよいよ夏も近づいたある日のこと、残業を終えて伸びをした中垣に、不思議そうな金井の声がかけられた。

「なあ、そういえば今日、電話こなかったな」

「はあ？　おまえ今頃なに言ってんの？」

データチェックに飽きたように肩を鳴らした男の呟きに答えたのは、中垣ではなく丹羽だった。

「もう終わったんだよあれは」

「ええっ？」

呆れ返る丹羽は、八時を過ぎた途端にエアコンの止まってしまったオフィスから逃げるべく、こちらも帰り支度をはじめている。

「うっそ、そうなの⁉」

「そ。もう二週間くらいになるぜ、いくらなんでも鈍すぎんじゃねえか？」

「だって、俺この間まで本社出向だったんだもんよー……」

口を尖らせた金井をよそに、中垣を振り返った丹羽の表情は晴れやかだ。

「ともかく、中垣はよかったよな」

考えてみれば電話での被害を受けていたのはもっぱらこの男で、中垣は改めて頭を下げる。

「ほんと、すんませんでした。助かりましたよ」

「いやいや、なんも」

韋駄天の中で中垣に怒鳴りつけられてからの佐藤は、あの不気味な行動の一切をやめたようだった。このところは、仕事以外にはめっきりと平和な日々が続いている。

いやいや、と笑った丹羽は、佐藤事件の発端である合コンで知り合った彼女と上手くいっているらしく、このところすこぶるつきで機嫌がいい。

以前は薄くなりかけた生え際を気にするあまり、無理に前髪を下ろすなどしていた彼は、三十代半ばでありながらそのせいでひどく老け込んで見えていた。しかし、彼女の「気にしない方がいいよ」の一言で、いっそのことと夏に向けて短く刈ったヘアスタイルの効果か、十歳は若返った雰囲気になった。

「でもさあ、ほんとに諦めたの？」

ひとり蚊帳《かや》の外だったのが面白くないのか、金井はそんな恐ろしげな台詞を口にする。だが、そんな同僚を、情報遅過ぎだと丹羽は笑った。

「もう中垣の件は終わりだよ。今は、営業の砂田《すなだ》が泡食ってるらしいぜ」

男性社員にはあまり受けのよろしくない男の名前を口に出す時、ひとのよい丹羽にしてはめずらしく、意地悪な響きがあった。

砂田は目下、本社では人気ナンバーワンと言われるやさ男で、寿退社争奪戦の渦中の人物と噂である。学生時代アルバイトでモデルをやっていたのが自慢らしく、自分の容貌を鼻にかけている態度が気にくわないと、密《ひそ》かな反感を買っていた。

「え、あの嫌みったらしいやつ？　うわ、佐藤ガンバレ！」

金井の面白そうな口調に苦笑しつつ、つい先頃までの当事者であった中垣はさすがにあまり面識のない砂田への同情を禁じえない。営業部の女傑である原嶋《はらしま》からもその件を耳にしており、しかし顔より能力を買う彼女は、砂田に対しては結構辛辣でもあった。

顔なんか十年も経《た》てば崩れるってのにねえ、と笑いつつ、生意気で仕事のできない部下にはいいお灸《きゅう》だと笑う女傑に、中垣は首を竦めてみせるしかなかった。

（しかしまあ……逞《たくま》しいもんだ）

あれでおとなしくなるかと思いきや、懲りずに同じことを繰り返す佐藤という存在は、やはり律が評したように『可哀想』なのかどうか、中垣にはもはやわからない。

ただ、丹羽も知らないようであったが、中垣は広報と営業の女子社員に、とある噂が流れていることを知っていた。

これも原嶋からの情報で、先日このオフィスに書類を届けにきた彼女は、ちょいちょいと中垣を手招いてはこっそり耳打ちしてきたのだ。

「中垣くん、なんでもゲイだって言われてるらしいよ」

「はい？」

小さく声を潜めた彼女は、そんな噂を最初《はな》から信じていないようだった。吹き出すのを必死で堪える口調でそんな話を教えてくれた。

「なんだっけ、年下の美少年と付き合ってて、人前でもべたべたして憚《はばか》らないんですって。……すっごい話よねえ」

むろん、その噂の出所は佐藤八重子である。腹いせだろうか、佐藤はことあるごとにその話を吹聴して回っているらしいが、これが誰ひとり信じる人間がいないのだそうだ。

「で、どうなの？　そこんとこ」

どうもこうも、と中垣は微苦笑を浮かべた。

「困ったなあ、俺ゲイだから、女性には興味なくって。恨まれたかも」

「あはははは！」

ある意味真実であるのだが、わざとらしく苦悩ぶってみせた中垣の態度は、およそその噂を肯定しているようには見えない。

実際、興味津々で覗き込んできた原嶋も、冗談にもならないと首を振るだけだった。

「まったくねえ、嫌がらせにせよもう少しましな話でっちあげればいいじゃない。もー、あいつカッコ悪すぎ」

けらけらと笑った彼女は、いけね、と時計を見るなり舌打ちした。書類を届け次第電話を入れるように言われていたのだ、と慌てる女傑は、仕事はできるが少々粗忽《そこつ》だ。

「すみません、原嶋です。今無事に終わりました。……ってだから、社内メールにしましょうよ課長っ」

いい加減アナログな時代でもないだろうにと告げる彼女の、パールグリーンのネイルの指で取り上げた受話器からは、もうあの声が聞こえてくることはないだろう。

心からの解放感を覚えつつ、次なるターゲットとなった砂田の生活が心安らかであらんことを、ほんのちょっとだけ寛容な気持ちで祈ってみたりする中垣だった。

＊　＊　＊

ピンスポットを浴びた比良方の顔は、普段見ることのない陶然とした表情ときつめの舞台メイクのせいで、まるで別人のように見えた。

マチネであるこの公演が行なわれているのは、新宿某所の劇場だ。外は雲ひとつない空からの陽光に照らされ、うだるような真夏日だったが、空調の効いているはずの劇場の中もまた、静かな熱気に汗ばむほどだった。

『枷《かせ》のない夏への憧れがあった、あの頃はただその思いだけで、走り続けることができた。……それなのに』

幕引きの台詞を語る声は深く、女性なのか男性なのか曖昧な「レキ」というキャラクターにぴたりとはまっている。

『晴れた空を見たのは、本当に久しぶりだ。この眩《まぶ》しささえ知らず、私は一体なにをしていたんだろうね』

芝居はクライマックスを迎えていた。

比良方演じる地下活動ゲリラのリーダー「レキ」は、おのれの信じたすべてが内部と外部、両方の要因によって壊れていくのを、むしろ恍惚《こうこつ》とした喜びさえ覚えているかのように、爆音と怒号の中立ち竦んでいる。

『そうは思わないか、マキ。……ああ、それとも』

右手に持った拳銃を、汗の伝い落ちるこめかみに突きつけた瞬間、呼びかけたのは、裏切りの果てに死を選んだ最愛の恋人の名前。もう現れることのない面影を追うように、ゆっくりと閉じられる瞼は青ざめて映る。

「……っ」

舞台の熱気が乗り移ったかのように、客席は息を殺して比良方＝レキを見つめ、中垣も釣り込まれるようにして肘掛《ひじかけ》を摑んだ。その手を、隣に座る律がきゅっと握り締める。

無意識の仕草だろう、真っすぐに前を見据えた律の手のひらは震え、温かく湿っていた。

『そこにいるの、マキ……？』

ほころばせた表情は、絶望に暗く沈んだ瞳に狂気を映している。

暗転し、銃声が響く。きな臭い硝煙の匂いを嗅《か》いだような気さえして、ぞくりと中垣は背中を震わせた。

音楽とともに流れてきたのは、まだレキが海賊放送を使って呼びかけていた頃の、希望に溢れた声だった。立ち上がれ、と呼びかけた声に応える歓声とシュプレヒコールは、幕が下りるとやがて舞台を包むカーテンコールへと変わった。

律がきつく唇を嚙んで、しきりに鼻を啜るのに、街頭で配られていたポケットティッシュを差し出してやると、色気もなくおもいきり洟《はな》をかんだ。

「ふわー……」

魂の抜けたようなそのため息に、中垣もようやく現実に立ち返る。

「すごかったな」

「うわー……。うん……すげー……」

こういうものを鑑賞するのはどちらかといえば不得手な中垣さえ、のめり込むように見入ってしまった。

最近ようやく知ったことだが、直海と比良方が所属する劇団ラジオゾンデはかなりの人気劇団らしかった。

ご招待、ということでただでもらってしまった、中垣たちの座る舞台中央の見渡せる席は、本来なら相当な倍率でしか手に入らず、ダフ屋に売ろうものなら万単位で引き取るということだった。

ふたつ隣の席から、きれいに髪を編みこんだ女の子が立ち上がり、「比良方さーん！」と声援を送る。瞳が輝いているのを見るに、かなり熱狂的なファンなのだろう。

拍手に導かれ、舞台につぎつぎと役者が現れはじめる。芝居の中では気の難しい老人の役をやっていた青年がしゃっきりと腰を伸ばし、にこやかに微笑んでいたり、血みどろで死んでいった少女が照れたように笑顔でたたずんでいる。

そして、中央にすいと現れた比良方は、全編通しての衣裳《いしょう》である黒の上下にハイカットのブーツで、見知った理知的な笑顔を浮かべていた。

舞台上の彼女は、一風変わった飲み友達などではなかった。細くしなやかな身体から、圧倒されるようなオーラを放つ、ひとりの素晴らしい役者だった。

心からの拍手を送りながら、もしかしたら自分はすごい人物と知り合いになってしまったのかと中垣は感慨を覚える。

(大したもんだ)

これからは少しばかり、彼女に払う敬意のランクが上がるかもしれない。凄まじい才能を目の前にした中垣は、それも少しばかり寂しいような気がするがと思いつつ、大きな手のひらを打ち合わせていたのだが。

(……ん?)

腰を深く折ったのち、顔を上げ、中垣と目があった比良方は、にやり、とあの独特の表情で笑ってみせる。

「……きゃあっ」

そうして、派手な投げキッスを送ってよこす姿は、まったくあの『比良方弥子』のものに他ならず、奇妙な安堵を中垣は覚えた。

「きゃーっ、比良方さん、すてきーっ!」

悪戯なそれに対しての激しい嬌声《きょうせい》が、主に少女から上がり、どのあたりが比良方のファン層であるのかをよく示している。宝塚でもあるまいにと思うけれども、実際あの姿を見れば、夢見がちな少女たちは夢中にもなってしまうだろう。

たとえ、あのうつくしい姿の中身は飲んべえのパソコンオタクでも。

夢の舞台に関係はない。

「あーあ……」

役者というのは罪作りなと、その凜々《りり》しい立ち姿を眺めて、中垣はひっそりと苦笑した。


「弥子ちゃん！　おめでとう！」

「りっちゃあああーん！　来てくれたのね！　ありがとっ」

客の見送りのため会場出口にずらりと並んだ、汗の引ききらない役者陣と客のごった返す中で、律と比良方は派手な抱擁をかましてくれた。

「よかったよ泣いちゃったよー、かっこよかったよー！」

興奮さめやらぬ律が比良方の両手を握ってはぶんぶんと上下させる。その女子高生のごとき光景を苦笑しつつ、舞台女優にも引けを取らないような容姿の律が注目を集めていることには少し、面白くない。

「中垣さん」

「よ、湯田《ゆだ》もいたのか」

まあめでたい場所だから、と喫煙コーナーで一歩引いて見守っていた中垣だったが、いつの間にか隣にいた直海がぼそりと呟いた言葉にドキリとなった。

「気をつけなよ、弥子、芝居の後はスーパーハイテンションだから」

「え？」

「おまけにキス魔」

「なに⁉」

思わず律と比良方の方へ視線を投げると、きゃあっ、という歓声が上がった中心に、比良方に熱烈な口づけを受ける律がもがいていた。

「……あーあ、やった」

「――って、おいっ！」

焦って引き剝がそうにも、山のようなギャラリーに阻まれてなかなか近づくことができない。

「ややややや弥子ちゃんっ！　なにすんだよ！」

真っ赤になった律があわあわとするのに、男らしく律の肩を抱き、それがまたさまになっている比良方は豪快に笑って、中垣に向かい、親指を立ててみせる。

「美味でしたー！」

どっと笑うギャラリーの中、直海は呆れたようにため息をつき、中垣はこめかみに青筋を立てた。

「なんつーことを……」

「ま、減るもんじゃなし、ご祝儀だと思って勘弁してやんなよ」

ぽん、と怒らせた肩を叩いた直海の声は笑っている。普段は動じない中垣の動揺を、彼は純粋に面白がっていた。

「できるかっ！」

間髪を容れず怒鳴り返しながら、だから隙を見せるなと言っているのにと、中垣は目をつり上げる。

「遼さぁーん……！」

そうこうする間にまたぞろ強引にキスをされ、頬と唇に、真っ赤なキスマークをくっつけた律が情けない声で助けを求める。

「ほらこっち来い、律っ」

状況を考え声だけは荒げなかったものの、不機嫌丸出しで腕を伸ばした中垣に、「余裕なーい」と比良方は笑った。

無理に割り込んだ人垣から律を奪還すると、引きずるようにして中垣は出口へ向かう。

「ったくもう、どうしてそうスキが多いんだっ！」

「ごめーん……」

ふにゃっと謝る律を勢いでほとんど抱き抱えたまま、地上に向かう階段の途中、通路から死角になる、背の高い植木の影でべったりとついた口紅をティッシュで拭ってやる。

「石けんででも洗わなきゃだめだな、これ。落ちねえ」

「どうしよう……」

ぐいぐいとこすっても汚れはやわらかい頬に広がるばかりで、律の顔はかなり情けないものになっている。

「確か、コンビニにメイクオフ用のウエットティッシュって売ってるよな。買ってくるからここで待ってろ」

「ごめんね」

眉をハの字に寄せて謝った律が、あまりにしょんぼりとするもので、思わず中垣も笑ってしまう。

「変な顔」

「なんだよっ！」

頬を突《つつ》くと、途端に赤くなってむくれるその鼻の頭に、不意打ちで口づけ、ひらりと中垣は身を翻した。

「……っ、遼さんっ！」

真っ赤になった律が怒鳴るのに、いい子で待ってろよ、と声を上げて中垣は笑った。

久しぶりの心からの笑みは心地よく、階段を駈《か》け上がる足下を軽くする。

「うわ、あつ……！」

外に出ると、白く情景を霞《かす》ませる太陽が照りつけ、劇中のレキの台詞を思い出させる。律にしかけた悪戯はアレだったが、真面目に感動したことを、今度比良方に伝えよう。

ちりちりと肌を焼く解放感に夏を感じ、中垣は照り返すアスファルトへと長い足を踏み出した。

# スイーツをどうぞ

久しぶりの中垣《なかがき》遼太郎《りょうたろう》の手料理は、最近会社の同僚に教えて貰ったという、ホタテのカルパッチョ風サラダだった。軽く表面だけ焼いたぷりぷりのホタテにバジルソース入りの特製ドレッシングをあえ、貝割れ大根とルッコラを混ぜたものだ。

「美味《おい》しい！」

「簡単だぞ。瓶詰めバジルソースがあれば、あとはフレンチドレッシングと大差ないから」

くわえ煙草《たばこ》で台所に立つ中垣は、ガーリックとアンチョビの夏野菜パスタを炒めている。フライパンを振るうそばからいい匂いがして、わくわくと水江律《みずえりつ》は目を輝かせる。

「はいどうぞ。今日は魚介づくし」

「わーい、遼さんのごはんー」

ゴールデンウイークの初日から、アルバイトも休んで訪れた恋人の自宅。宮本《みやもと》店長には恨みがましく睨《にら》まれたけれど、その分休み前にはシフトを増やして頑張ったからいいじゃないかと、律にしてはめずらしく押し切った。

（だって、デートだもん）

多忙を極める彼氏の、久方ぶりのまとまった休みなのだ。これに合わせずしては、暇な大学生をやっている意味がないだろうと律は内心うそぶいた。

勤続二年目、だいぶ仕事に慣れてきた中垣は、その有能ぶりでもって余裕ができて、かといえ外出ができるほどに暇ではないから、家でできる趣味として料理をまたはじめた。

「ああ、ピザも焼けたな」

ただ、あの韋駄天《いだてん》で腕を振るっていた時とは違い、相伴に預かるのはもっぱら律ひとりであるけれども、新しくオーブンレンジを購入して、生地から打ったピザなど作ってしまうあたり、凝《こ》り性のほどが窺《うかが》える。

「ねえ、これなんか甘い匂いするよ」

「こっちはデザート用。最近、よくあるだろ」

洋なしと酸味の薄いモッツァレラのみのピザには、お好みで垂らすようにハチミツが副《そ》えられている。ケーキ類は勘弁という辛党の中垣だったが、これなら割といけるのだと笑って、律の向かいに腰掛けた。

「お先にいただいてます」

「はいどうぞ」

パスタを巻いて口に運びつつ、律が軽く頭を下げれば、自身もフォークを取り上げた中垣はやわらかに微笑《ほほえ》む。休日の昼下がり、日差しは穏やかで、オフモードに髪を下ろした恋人の白いシャツが眩《まぶ》しい。

「なんか飲むか？　白ならこの間買った、シャルドネがあるけど」

「もらっていい？　あ、自分で……」

「いいから座ってろ」

なんにつけ働くのが好きな男は、こういう時にもじっとしない。揃《そろ》いのワイングラスにきんと冷やされた果実酒をサーブされながら、こんなにぼけぼけと甘やかされていいのかなあと律は思うのだけれど、好きでやっているからと笑われてしまえばしょうがない。

「あ、これ美味しい……」

「好きな味だろ？」

すっきりした酸味のカリフォルニアワインに、アンチョビの後口が消えていく。ワインは少し苦手な感のあった律だけれど、これなら何杯でもいけてしまうと喉を潤せば、ほどほどにしておけと中垣が笑った。

「酔っぱらうとグデグデだろう、おまえ」

「……気をつけまーす」

なんでも手早い彼は食べるのも早くて、既に食事を終え、その長い指はピザを摘《つま》んでいた。さっぱりめのデザートピザをつまみにしても似合うワインを口に運びながら、三日あるからね、と中垣が言う。

「ちゃんと食って、体力つけといて」

「……うん？」

滴ったハチミツを舐《な》め取る口元が、この爽やかな陽気にしてはずいぶん卑猥に見えて、律がどぎまぎと目をうろつかせれば、にやりと彼は片頬で笑った。

「なに、その顔……」

「さあ？」

もぐもぐとパスタを嚙みしめた律が顔を赤らめれば、中垣はまた笑みを深くして、一息にワインを飲み干した。そうして、なんでもないことのように、きわどい台詞《せりふ》を口にする。

「飯食わせたし、ちゃんと昨日は寝かしたし。今日は、もうやだー疲れたーは、なしな、律」

「ちょ……まだ食べてるのにっ」

しれっとした態度が意地悪だと律はその長い脚を蹴って、匂わされたこの先の時間の淫らさに、頬の火照《ほて》りを強くする。

「だっておまえ、バイトあがりで来ると最近、すぐ寝ちゃうだろ」

「そうだけど……でもあのまだ、お昼なんだし」

男らしいすっきりした首筋が動くさまとか、先ほどまでまくっていたせいでボタンのはずれた袖周りから覗《のぞ》く逞《たくま》しい腕に、相も変わらずくらくらしている。このところ、社会人二年目ですっかり板についたスーツ姿を見慣れただけに、ラフな格好をされるとどうにも、弱い。

「昼もなにも、その気になるのに時間関係ないだろ」

中垣の、煙草に火をつける仕草が好きだ。少し顔を俯《うつむ》けて、一口吸い込んだ瞬間だけ目を眇《すが》めて、その後あの肉厚の唇を軽く窄《すぼ》めて紫煙を吐くそれが、何度見つめてもかっこいいと思ってしまう。

「……だいたい律が、そんなエッチな食べ方するから悪い」

「そ、ん……知らない……」

その口元が、そんな言葉を吐き出したら、せっかくの食事も味なんか、もうわかりようはずもないじゃないか。焦ってシャルドネに喉を潤せば、アルコールにかあっと熱くなるばかりで、少しも火照りが取れてくれない。

「もういいの？」

「そんなこと言われたら、もう、遼さんとごはん食べれないよ……っ」

エッチな食べ方なんて言われて、これ以上まじまじ見られたまま食事できるわけがない。サラダだってまだ残っているし、ちゃんとパスタも味わいたかったのに。

「ピザ、まだ、食べてないのに……」

恨みがましく涙目で見つめれば、ふっと笑った中垣の指がワインに濡れた唇に触れてくる。

「大丈夫、冷めても美味《うま》いよ」

「あったかいの好きだも……ん……」

そのまま、親指の先を含まされ、じわんと熱が上がったのは、アルコールのせいなどではない。

はじめての告白をした日言葉より早く律の恋を教えたのは、この長く形のよい指先を噛んだ、その仕草だった。それを忘れてはいないと言うように、時折中垣は律に指先を含ませる。

「こっちと、どっち食いたい？」

舌の腹をざらりと擦《こす》られて、言葉なんかもう出ない。この指を感じるたび、何度でもあの頃の胸が痛いような気分が蘇《よみがえ》って、中垣に何度でも恋をする気分になるからだ。

「ばか……」

小さな声でそれだけを告げ、しっかりした爪を歯に挟む。濡れた舌で爪先《つめさき》をなぞれば、それが合図になったように、顎《あご》を取られて引き寄せられる。

シャルドネとハチミツ、そして煙草の混じった味のする口づけは、初夏の日差しより激しく、律を溶かした。

＊　＊　＊

服を脱がされてベッドに連れ込まれ、まだ明るいのにと思いながら首筋に顔を埋《うず》められれば、なにかに気づいた中垣がくすりと笑う。

「……いい匂いする」

「う……うるさい」

　肌に残っているボディソープの香りがまだ鮮明だったのだろう。朝一番でシャワーを浴びてきたあたり、律も期待していないわけではないのだ。

　というよりも、展開を見越して身だしなみを整えてきたとも言えなくない。休日の三日間、家でゆっくりと誘われて、本当にゆっくりできるわけもなかったからだ。

「あ、んん……」

「髪、また伸びたな……いつまで伸ばすの？」

「あ……あんま、考えてな……っ、あ、あっ」

　今では肩に届くほどになったそれをかきあげられ、耳朶《みみたぶ》に口づけられながら問われて律は首を竦《すく》めた。裸の胸を撫《な》で回す手のひらに、尖《とが》りきった先をかまわれたせいもある。

「ぐずった割に、その気だな」

「ん、あ、だ……っ、も……！」

　跳ね上がった心拍数が呼吸を浅く、声を上擦らせて、指の先まで痺れていく。もうだいぶ、彼の愛撫には慣れたと思っていたのに、触れられるたびにそれが錯覚と思い知らされて、せつなく甘く肌が震える。

「律？　心臓、すごい。……ほら、どきどきして」

「やー……っ」

指摘され、かっと頬が熱くなった。鼓動の早さを指摘されることは、律にはどうしてか肌を晒《さら》すよりいっそ恥ずかしい。期待と不安と混乱で乱れた気持ちまで、見透かされるような気がするからだろうか。

「い、言わない……って」

「なんで？　俺もどきどきしてるけど？」

一緒だろうと広い胸に抱かれて、それでも平然とした顔の中垣が恨めしい。顔を顰《しか》めたまま長い脚の間に手を伸ばせば、そこにもすっかりその気になったものがあるのに。

「っと……こら、律」

「ずるいー……なんで、こんななのに……」

湿った感触のそれを握り締めながら、結局煽《あお》られたのは律の方で、引き締まった胸板に歯を立てる。ずるいってなにがだ、とうろたえもしないで笑うから、あちこちと噛みついてやった。

「遼さんいっつも涼しい顔して……俺ばっかり……っ」

赤くなっておろおろして、泣くまで感じてしまったりするのは、結局こちらの方が好きの度合いが強いせいなのだろうか。そんな悔しささえ覚える律は、背中を滑り降りた大きな手のひらが自分の腰を抱き、丸い尻を包み込むのに気づくのが遅れた。

「あっ⁉」

「……だーれが、俺ばっかり、だって？」

ぬるっとしたものを感じて驚いた瞬間、性急に忍んでくる指に震え上がる。

「知らないぞ……急《せ》かしたのは律だからな」

「せ、せかしてな……っ、あ、あ、やー……ん、も、もう、いれ、るの……？」

いやだと言いつつしっかりと、中垣のそれを握る指が作為を帯びる。そうしながら、密着した身体《からだ》の隙間《すきま》、自身の性器もまた既に、昂《たかぶ》りきっている。

「ねえ、……遼さ、いれたい……？」

欲しているのは実際、自分の方だとわかっていた。それでも、いつも余裕の顔の男に少しは、素顔を見せてと瞳を潤ませ、しがみつく。

「……言っただろ？」

「言ってない、もん……っ」

泣きわめいても許さないよと強く抱かれて、脚を開かせる力に喜んでしまうのは、求められる実感がなによりわかりやすいからだ。それでも言葉はちゃんと欲しいと縋《すが》りついた律に、苦笑混じりの吐息と共に耳元に落ちる囁《ささや》きは、甘い。

「……入れさせて、律。俺を……気持ちよくして」

「あ、あ、あ……ん一……！」

ねだる言葉で実際には押し切って、中垣が腰を進めてくる。奪いとるふりで与えながら、濡れていく身体を揺さぶられてしまえば、律はただ蕩《とろ》けていく。

「ほら、もっと脚、開いて」

「んっんっ……いい……きも、ちい……っ、そこ、そこも……っ」

しゃくり上げ、ねだられるままに恥ずかしい格好に脚を持ち上げて、触りながら入れてとせがんで声を出す。口づけがほどかれれば寂しくて、指を捕まえて吸い込めば、中にいる中垣がまた大きくなった。

「もおい、いっちゃうよお……っあ、あっあっあっあっ！」

啜《すす》り泣いて訴えれば、言葉では答えないまま激しくされて、荒い息づかいごと唇に含まされる。忍んできた舌先をきつく吸ったのと同じ動きで、律の身体が中垣を締め上げれば、呻《うめ》くような声が漏れたのは同時だ。

「あは、ぅ……っ」

「んっ」

急かすような放埒《ほうらつ》に、絡み合ったままの四肢が震えて、息が止まる。ややあってくったりと力が抜けても、繋《つな》がった場所はほどかれなかった。

痺れきったように重い粘膜は、まだこれでは足りていないと訴えて、中垣をやわく強く締めつけたままだ。

「遼さん……」

「ん？　……疲れた？」

問われて、ふるふると律はかぶりを振る。中垣とのセックスは、さっき飲んだワインのようだ。甘く喉を潤した先からまた、渇いていく。

「……もっと」

舌舐めずりをして、腰を悪戯《いたずら》に動かした。その無邪気に艶めいた仕草と表情に、まったくね、と中垣は苦笑する。

「これでどこが、俺ばっかりなんだか……」

「んん……？　あ、ん、……もうおっきい……」

タチの悪さを微妙に自覚していない律に、内心振り回されているのはどっちの方かと思う男は、甘くしただけ熟れていく恋人にすっかり、溺《おぼ》れているのだけれども。

食べ損ねたピザのように、健康な歯に齧《かじ》られて滴る律だけがそれを、知らない。

# あとがき

今作は二〇〇三年刊行された文庫の新装版となります。

お話自体を書いたのは、さらにむかし、デビュー直後に同人誌として執筆いたしましたので本当の初出は一九九八年、それを改稿しての文庫化でした。

そのため、作中の時代背景、とくにパソコンまわりに関しての記述が完璧に九〇年代後半から二〇〇〇年代初頭くらいの内容になっております。

最初は改稿を……とも考えたのですが、ちょっと事情がありまして。ご存じのかたもいらっしゃるかと思いますが、このお話の関連作に「大人は愛を語れない」という、韋駄天店長宮本と、主人公律の友人、直海のストーリーがさきに刊行されているのですが、こちらのストーリーが、現在・十年まえの過去・現在という構成になっており、そのなかでの『十年まえ』のお話が、表題作とリンクしている状態のため、へたにいじると却って妙か、ということで、そのままになっております。

およそ十五年ほどまえに書いた作品、文庫化当時にかなり改稿をしたとはいえそれでも十年……文章はその歴史をあらわしてなんというか……若々しいですね。それもこれもわたしの歴史であろう……と、ゲラを眺めつつ、冷や汗をかいたりもいたしました。

ともあれいろいろと諸事情があって、違う出版社から初期の関連作がでていたわけですが、このたびルチルさんからシリーズとして揃えることができて本当に嬉しいです。

挿画も『絵になる大人になれなくても』『大人は愛を語れない』と同じく、ヤマダサクラコさん。シリーズ原点でもある律と中垣のお話を、素敵に彩ってくださいました。刊行はそれぞれかなり間が空いているのですが（笑）じつは三作ともキャラクターの背景が植物のグリーン系で統一されていて、シックな感じが素敵です。ヤマダさん、今回もとても素敵な挿画をありがとうございました。また機会があったら是非よろしくお願いします！

担当さま、今年は本当にもろもろのご迷惑をかけてしまいましたが、なんとか体調を立て直しつつ、がんばっていきたいと思いますので、よろしくお願いいたします。

なつかしい話を「初期から持ってた」と言ってくださった長いおつきあいの読者さま、これがはじめて、という方も、それぞれお楽しみいただければ幸いです。

あっという間に年末。来年はちょっとゆっくりめのペースでいく予定ですが、年々時間の流れが速く感じるおとしごろ、あっという間に再来年……とかきてしまいそうですが、自分なりに頑張って参りたいと思います。

それでは、またどこかでお会いできれば幸いです。

✦初出　その指さえも……………………………同人誌掲載作品
週末には食事をしよう……………同人誌掲載作品
スイーツをどうぞ…………………プラチナ文庫創刊記念冊子
「プラチナBOX」(2003年)

崎谷はるひ先生、ヤマダサクラコ先生へのお便り、本作品に関するご意見、ご感想などは
〒151-0051 東京都渋谷区千駄ヶ谷4-9-7
幻冬舎コミックス　ルチル文庫「その指さえも」係まで。

幻冬舎ルチル文庫

その指さえも

2013年12月20日　第1刷発行

| | |
|---|---|
| ✦著者 | 崎谷はるひ　さきや はるひ |
| ✦発行人 | 伊藤嘉彦 |
| ✦発行元 | 株式会社 幻冬舎コミックス<br>〒151-0051 東京都渋谷区千駄ヶ谷4-9-7<br>電話 03(5411)6431[編集] |
| ✦発売元 | 株式会社 幻冬舎<br>〒151-0051 東京都渋谷区千駄ヶ谷4-9-7<br>電話 03(5411)6222[営業]<br>振替 00120-8-767643 |
| ✦印刷・製本所 | 中央精版印刷株式会社 |

✦検印廃止

万一、落丁乱丁のある場合は送料当社負担でお取替致します。幻冬舎宛にお送り下さい。
本書の一部あるいは全部を無断で複写複製(デジタルデータ化も含みます)、放送、データ配信等をすることは、法律で認められた場合を除き、著作権の侵害となります。

定価はカバーに表示してあります。

©SAKIYA HARUHI, GENTOSHA COMICS 2013
ISBN978-4-344-83002-8　C0193　Printed in Japan

本作品はフィクションです。実在の人物・団体・事件などには関係ありません。

幻冬舎コミックスホームページ　http://www.gentosha-comics.net

「幻冬舎ルチル文庫」
大好評発売中

「大人は愛を語れない」
崎谷はるひ

舞台役者志望の大学生・湯田直海は、ある夜、地上げ屋に暴行を受けアパートから追い出され、ゴミステーションで倒れていたところを居酒屋「韋駄天」の店長・宮本元に拾われる。住む場所を失った直海は「韋駄天」で居候することに。片意地を張り続けた自分を甘えさせてくれる宮本に次第に惹かれる直海。しかし宮本は飄々として掴みどころがなく……!?

イラスト
ヤマダサクラコ
580円（本体価格552円）

発行● 幻冬舎コミックス　発売● 幻冬舎